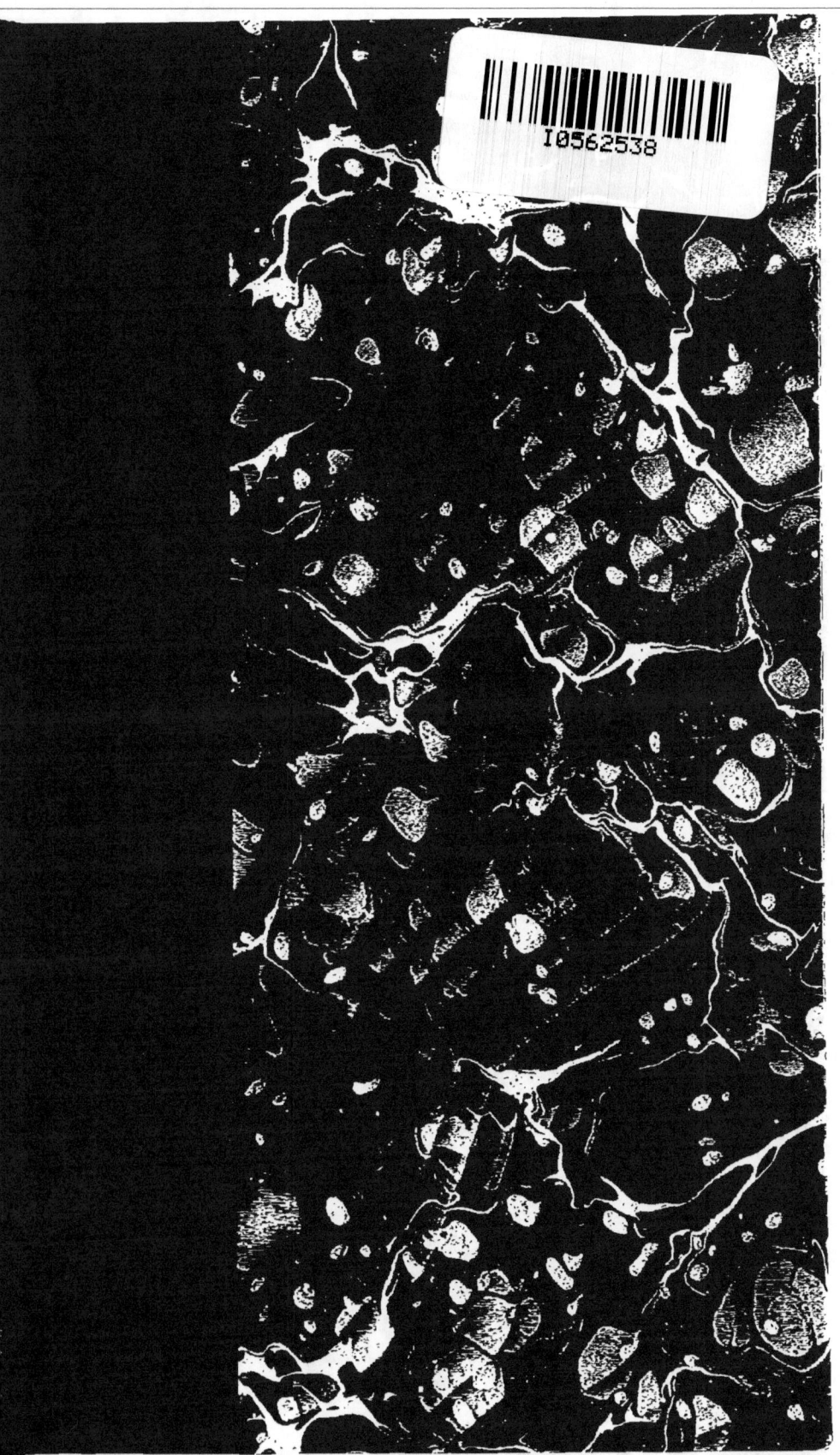

CONTES

ET

NOUVELLES.

147

57860

Cet ouvrage se trouve aussi chez les libraires
ci-après :

LECOINTE et DUREY , quai des Augustins , n° 49;
MASSON, rue Hautefeuille , n° 14;
BÉCHET aîné , quai des Augustins , n° 57;
VOLLAND , même quai , n° 17;
DELAUNAY , au Palais-Royal ;
DONDEY-DUPRÉ , rue de Richelieu , n° 67.

IMPRIMERIE DE J. MAC CARTHY,
rue des Petites-Ecuries, n. 47.

COLLECTION

DE

CONTES

ET

NOUVELLES

de Pfeffel.

TRADUITS DE L'ALLEMAND.

TOME VII.

A PARIS,

CHEZ L'ÉDITEUR, A LA LIBRAIRIE NATIONALE
ET ÉTRANGÈRE,
Rue Mignon, n° 2, faub. St.-Germain.

1825.

LINA DE SAALEN.

—

LINA A MADAME MULLER.

Le 26 février.

Lisez, ma bonne mère, ô lisez la lettre que vous m'avez envoyée; elle est de mon père, oui, de mon père…. Au reste, vous le saviez déjà avant moi. Excusez-moi, ma bonne mère; ma tête est toute troublée, et mon cœur est ivre de joie.

Ce bon père! je vous disais toujours qu'il était bon. Le malheur seul l'avait rendu mélancolique et dissimulé. Maintenant qu'il est de nouveau heureux, je l'ai retrouvé tout-à-

7.   I

fait, et ce n'est aussi que maintenant
que je suis parfaitement heureuse.
J'interroge mon cœur qui me répond
oui. Vous savez qu'il ne se cache pas
de vous. Je ne pourrai jamais oublier
celui qui l'occupe, mais il ne trouble pas son bonheur; un pressenti-
ment confus lui dit plutôt que le
changement qui vient de s'opérer
dans le sort de mon père, pourrait
également avoir une influence sur le
mien, si d'autres obstacles n'obscur-
cissaient pas mon avenir. N'espère
pas, ne désespère pas, voilà ce que
je me répète souvent à moi-même,
parce que ma mère adoptive me l'a
dit.

Je vous envoie ma réponse à mon
père ouverte, afin que vous et ma
Frida puissiez en prendre lecture.
Comme cette chère enfant, qui
pleurait si volontiers avec moi, va

prendre part à ma joie! Je vous prie de vouloir bien réaliser le mandat ci-joint de mon père, et de m'en envoyer le montant à l'adresse de M. Ehrard.

J'aurais presque oublié de vous dire que le colonel me traite tous les jours avec plus de bonté. Si parfois je ne réussis pas trop bien dans ma lecture de l'ouvrage du grand Frédéric, il me corrige avec douceur et amitié, et je répare tout avec un chant guerrier de Gleim.

Le désir de conserver ses bonnes grâces a réveillé mon goût pour la musique, qui s'était entièrement éteint; et ma digne protectrice m'encourage elle-même à m'y exercer. M. Arnould, le vicaire, touche supérieurement du piano, et m'a arrangé pour la harpe plusieurs de ses plus nouvelles pièces de musique.

Lui, ainsi que son oncle, viennent souvent nous voir, et je trouve beaucoup de plaisir dans leur société, infiniment instructive. En un mot, ma bonne mère, votre Lina est heureuse, et elle n'oublie pas que c'est à vous qu'elle doit son bonheur.

———

LINA A SON PÈRE.

Waldingue, le 28 février.

Mon père, mon bien-aimé père, ce n'est que dans mes larmes que la joie fait couler, ce n'est que dans le cœur de votre Lina que vous pouvez lire les sensations qui l'assiégent. Je vous ai retrouvé, j'ai retrouvé mon bon père ! tous mes maux sont finis.

O! pourquoi votre lettre est-elle restée si long-temps à me parvenir! je
la sors de mon sein pour y répondre.

Comme vous connaissez mon
grand-père, vous ne vous étonnerez
pas de ce que cette chère lettre ne
m'ait pas trouvée à Saalen. Je ne
pourrai jamais me déterminer à me
prosterner devant un homme qui....
Au reste, je lui pardonne, puisque je
dois au même orgueil qui nous pour-
suivait jusqu'ici, le bonheur d'avoir
retrouvé mon père.

Lorsque vous me quittâtes, je
cherchai à Manheim un asile où,
cachée aux yeux de toute la terre,
je pusse pourvoir à mon existence
par le travail de mes mains. Je le
trouvai par l'entremise de notre hôtesse, et auprès d'une de ses amies.
Madame Muller, marchande de mo-
des, dont le cœur ferait honneur à

une princesse, me recueillit et me prodigua des soins si délicats, qu'ils lui méritèrent déjà dans les premiers jours de notre connaissance, le nom de ma seconde mère. Elle me recommanda à madame de Sonnenstein, dont elle était la compagne dans sa jeunesse, et dans la maison de laquelle j'ai trouvé plus, infiniment plus que je n'eusse jamais osé espérer. Je me trouve chez cette femme rare sous le nom emprunté de ma mère, non comme domestique, mais comme demoiselle de compagnie, dont le principal emploi est de servir de lectrice au oolonel, son vieil et respectable époux.

J'ai cru devoir à mon père et à moi-même de cacher mon nom. Dorénavant cette précaution serait inutile, et pourrait m'exposer au reproche de manquer de confiance. Je-

saisirai, en conséquence, la première occasion favorable pour me découvrir à mes bienfaiteurs.

Votre présent, mon cher père, me serait inutile, s'il ne me mettait à même de me passer de tout secours étranger. Vous jugerez par-là combien il doit m'être cher, et je ne doute point que ce n'est que maintenant qu'il acquiert son véritable prix à vos yeux.

Etant pourvue de tout ce qui m'est nécessaire, cette somme surpasse tout ce qu'il me faudra pour satisfaire mes besoins pendant une année entière. Mettez donc des bornes à vos bontés, mon cher père, sans cela vous me forceriez de le faire moi-même, et de vous renvoyer tout nouveau secours.

Que nous sommes heureux tous les deux de n'avoir pas besoin de la succession de mon grand-père ! plus heureux que lui , qui est menacé de perdre tout le fruit de ses injustices. Qu'il donne ses biens à qui il voudra ; la partie la plus précieuse, n'était-ce donc pas celle qui a servi à sauver l'honneur de mon père ? Puisse le souvenir de cette action adoucir ses derniers momens !

Adieu, mon très-cher père ; veuillez ne pas tarder à me répondre. La meilleure voie sera le couvert de madame Muller, à Manheim. Je vous embrasse avec les sentimens les plus purs d'amour et de respect.

Votre heureuse LINA.

MADAME MULLER A LINA.

Manheim, le 28 février.

Je reçois en ce moment, ma chère Lina, votre lettre d'avant-hier avec celle adressée à M. votre père. Vous devinez sans doute l'impression que son contenu a faite sur nous; nous sommes ivres de joie; oh! que ne pouvons-nous nous jeter dans vos bras et vous féliciter du bonheur d'avoir retrouvé votre père! La charmante lettre que vous lui adressez partira demain; je vous renvoie ici la sienne. Non-seulement pour vous, mon enfant, mais aussi pour lui, un beau soleil luira après l'orage qui vous avait atteints. Dans la nature morale comme dans la nature physique, il faut une violente commotion pour purifier l'atmosphère.

Vous ne croiriez pas, ma chère Lina, que je puis encore augmenter la somme de votre bonheur. Jugez vous-même, et prononcez si je m'engage à trop. J'ai reçu hier une lettre de M. de Dornek; il veut avoir de vos nouvelles, et me mande que les fiançailles d'une certaine riche héritière le rapprochent beaucoup du but où tendent tous ses vœux. Avant de faire aucune autre démarche, il veut laisser au mécontentement de ses parens le temps de se calmer. Je trouve qu'il a raison.

Vous voyez, cher enfant, que je n'étais pas un faux prophète lorsque je vous ai prédit un heureux avenir. Continuez toujours à marcher aussi tranquillement à côté de la Providence qui vous guide par la main;

elle vous a ouvert un refuge où vous vous trouverez encore mieux par la suite.

Je suis, au reste, entièrement d'avis que vous saisissiez la première occasion qui se présentera pour vous découvrir à vos bienfaiteurs. Le devoir que vous m'avez imposé me pèse depuis long-temps sur le cœur, quoique je ne puisse désapprouver vos motifs. Mais aujourd'hui ces motifs n'existent plus : votre mérite vous a assigné la place que vous ne vouliez pas devoir à votre nom ; et quoique vos bienfaiteurs n'ayent pas à rougir de ne pas vous avoir connue, nous les offenserions cependant par un plus long silence.

Je suis très-impatiente d'apprendre les suites de cette ouverture. Peut-être qu'Élise m'en voudra un peu ; ce sera alors à vous, bonne

Lina, à faire ma paix avec elle.

Adieu, chère enfant; nous vous embrassons avec toute notre tendresse.

———

LINA A MADAME MULLER.

Waldingue, le 2 mars.

D'où vient, ma respectable amie, que je tremblais lorsque je lus, dans votre aimable lettre, la nouvelle qui devait encore augmenter le bonheur dont mon cœur est plein? Je sais qu'on pleure de joie, et mes larmes ont mouillé la lettre de mon père; mais tremble-t-on aussi de joie? il faut bien que cela soit, car c'est bien le sentiment que j'éprouve, quoique je ne croie pas l'avoir encore ressenti comme aujourd'hui.

Peut-être le mécontentement des parens de Dornek mêle-t-il à ma joie une secrète anxiété. Je vous remercie, ma bonne mère, de ne pas m'avoir laissé ignorer ce passage de sa lettre : il préserve mon imagination de rêves trop téméraires, et mon cœur de cette ivresse de bonheur qui est si souvent trompeuse. Ne faites pas connaître mon inquiétude à ce bon Dornek ; elle diminuerait de beaucoup sa joie. Laissez-lui croire que je partage son espoir ; il ne se trompera pas entièrement, car je commence en effet à espérer.

Je n'étais pas disposée aujourd'hui à découvrir ma condition à Élise. Il me manquait pour cela une occasion favorable, et si elle s'est présentée, il faut qu'elle m'ait échappée. Mais demain, ma bonne mère, je le ferai certainement. Ne craignez pas le mécontentement d'Elise; elle ne vous en voudra pas, elle ne pourra vous en vouloir. Si vous avez manqué, toute la faute en doit retomber sur moi, et je n'aurai nulle peine à en convaincre votre amie.

Adieu, ma bonne mère; après-demain je vous en dirai davantage.

Voici ma silhouette pour Frida; je l'aurais presque oubliée.

Votre LINA.

LINA A LA MÊME.

Waldingue, le 3 mars.

O ma mère, ma chère mère ! je suis perdue ! Dornek nous a trompées, nous a indignement trompées ; il est le fils de mes protecteurs, c'est le jeune de Sonnenstein.

Dieu miséricordieux ! que dois-je faire maintenant ? Je dois fuir, oui , fuir, mais où ? Pourrais-je fuir ailleurs que dans les bras de ma seconde mère ? Ah ! dites que vous ne me les fermerez pas ! je ne connais que deux asiles pour moi, votre maison ou le tombeau. Je ne saurais plus tenir la plume ; j'essayerai demain de continuer ma lettre.

Le 4 mars.

Je n'ai pas plus de forces qu'hier;
cependant je m'efforçai de paraître
au déjeuner. Élise s'effraya de mon
extrême pâleur; je prétextai une indisposition : ah! je ne la prétextai
pas, car tous mes membres sont bri-
sés. Je veux rassembler toutes mes
forces pour ne pas manquer le courrier d'aujourd'hui........ il faut, ma
bonne mère, que je vous raconte cet
effroyable événement.

Hier le colonel était indisposé et
garda le lit toute la matinée. Elise
ne quitta pas son chevet; je ne pus
donc, heureusement, l'entretenir
seule. Après le dîner, il me fallut
faire la lecture au bon vieillard. Elise
travaillait dans l'embrasure d'une
croisée. Quelque temps après le co-

lonel m'interrompit : « Va, petite, va me chercher ma tabatière ; tu la trouveras dans ma chambre à coucher, sur ma table de nuit. »

En la saisissant je jetai par hasard les yeux sur la peinture du couvercle ; c'était le portrait de Dornek ; rien ne saurait être plus ressemblant. Je fus saisie comme d'un coup de foudre, et je laissai tomber la boîte ; le colonel l'entendit : « Diable ! diable ! s'écria-t-il, petite maladroite, que fais-tu là ? je parie que tu as cassé le portrait ! Je ramassai la tabatière, et, chancelante, presque défaillante, je la rapportai dans le salon ; je la remis en tremblant au colonel, qui ne fit aucune attention à moi ; il ne regarda que le portrait. « Heureusement, dit-il, il n'est pas brisé ; regarde, petite, voilà mon fils. » Je ne vis rien ; un sombre voile couvrait mes yeux ; je tremblais comme un criminel que le glaive va frapper.

Elise accourut : « Au nom du Ciel, Lina, qu'as-tu ? » Elle me soutint au moment où j'allais tomber, et me conduisit sur le sofa. « Sois tranquille, petite, dit le colonel, ce n'est rien, absolument rien. En vérité tu devrais être honteuse ! pour la fille d'un soldat tu es aussi par trop timide. »

Elise me fit respirer des sels, et lorsque je me fus un peu remise, elle me fit prendre des gouttes qui me remirent insensiblement. « Va maintenant te jeter pour une heure sur ton lit, » me dit cette excellente femme, en essuyant, tel qu'un ange sauveur, la sueur de la mort qui couvrait mon front.

J'obéis volontiers ; ah ! j'avais tant besoin d'être seule ! j'aurais voulu pouvoir me cacher dans le coin le

plus reculé de la terre. Je me jetai
sur mon lit. Ce n'est que là que je
pus pleurer. Un torrent de larmes
inonda mon oreiller, et mes soupirs soulagèrent mon pauvre cœur
oppressé. Peu à peu je tombai dans
un anéantissement semblable au sommeil de la mort. Il ne me procura pas
le repos : le cruel m'apparut ; il me
regarda d'un œil railleur, et puis me
tourna le dos. Je me réveillai en
frémissant ; le sang, qui s'était pré-
cipité vers mon cœur, menaçait de
m'étouffer ; je sautai à bas de mon
lit, je parcourus ma chambre à pas
précipités, et je me trouvai bientôt
soulagée. Je me mis à ma table, et
j'essayai de vous écrire, ma bonne
mère. Ah ! auprès de qui pourrais-je
donc trouver de l'appui et des con-
solations, si ce n'est auprès de vous ?
Il me fut impossible d'écrire. Je me

remis sur mon lit. Je ne vous dirai
pas ce que je pensais, ce que j'é-
prouvais; enfin je me sentis la force
de prier, et je devins plus tranquille.
L'idée de celui qui est partout, qui
voit tout, chassa de mon cœur l'image
du séducteur, et soulagea infiniment
mon âme.

Au bout d'une heure Elise vint
doucement écouter à ma porte; je
l'entendis et lui ouvris. Jamais elle
ne m'avait embrassée avec une tendresse aussi maternelle. « Comment
te trouves-tu, mon enfant? c'est
mon époux qui m'envoie vers toi,
me dit-elle tendrement; il est extrêmement fâché de t'avoir tant ef-
frayée. » Je lui baisai la main avec
une tendresse filiale. « Oh! c'est passé
maintenant, lui dis-je; monsieur
votre époux n'a rien à se reprocher; et d'ailleurs est-ce sa faute

si je suis un être si faible?...... »

Nous descendîmes ensemble. Ce bon vieillard me rendit toute honteuse par ses amitiés et ses excuses. « J'aurais dû me rappeler, dit-il, que déjà dernièrement, en m'entendant raconter l'histoire de mon Roland, tu t'étais à moitié évanouie. » Ces paroles me semblèrent une voix du ciel ; elles me rappelèrent ma mère, et le courage, la patience avec lesquels elle soutint le combat de la vie. Je me ranimai, et fis tous mes efforts pour donner une autre tournure à la conversation. Elise, qui avait remarqué mes efforts, se réunit à moi, et c'est ainsi que j'atteignis la fin de cette longue et cruelle journée.

Pendant toute la nuit il me sembla être dans un lieu de tortures. L'image du passé et celle de l'avenir paraissaient alternativement à mon âme comme des fantômes effroyables. Je ne pus m'arrêter à aucune idée qu'à celle de ma fuite. Vous, ma bonne mère, vous serez certainement persuadée comme moi, que je dois quitter cette maison qui a cessé d'être pour moi un asile. Mais où fuir? Hier, ma première, mon unique pensée était auprès de vous, auprès de ma mère adoptive. Cette nuit j'ai réfléchi à ce projet, et j'y trouve bien des obstacles. Sous quel prétexte dois-je retourner auprès de vous? Mon cœur se révolte à l'idée d'une fuite clandestine, qui m'exposerait au soupçon de la plus noire ingratitude envers mes bienfaiteurs, puisqu'ils devront toujours ignorer le véritable motif de ma fuite.

Supposant toutefois que je pusse me décider à cette démarche hasardeuse, et que vous, ma bonne mère, voulussiez la favoriser, mon séjour auprès de vous pourrait-il rester long-temps caché? Et si Elise, si son indigne fils allaient le découvrir, à quels désagrémens innombrables ne vous exposerais-je pas vous-même, ma noble amie?

Non, non, je ne puis, je ne dois pas me réfugier auprès de vous; je dois renoncer à la douce consolation de pleurer mon sort sur votre sein et sur celui de Frédérique.

Il ne me reste donc d'autre parti à prendre que celui d'accepter l'offre de mon père, et de m'enfermer entre les sombres murailles d'un couvent. Oh! pourquoi ma religion ne me permet-elle pas de m'y enfermer pour toujours! j'y trouverais peut-être une autre victime d'un amour trahi, avec laquelle je pourrais pleurer.

Je veux écrire à mon père pour le prier de m'envoyer chercher par une personne de confiance. Il lui faudra rédiger sa lettre de manière à pouvoir la communiquer à Elise. Je lui dirai que ce n'est que par devoir, et contre mon gré, que je quitte sa maison ; ah ! je ne dirai que trop vrai.

Que pensez-vous de ce plan, ma bonne mère ? conseillez-moi : vous seule devez connaître mon embarras. Ne tardez pas à me répondre ; si celui que je ne veux plus nommer allait arriver ici..... ah ! sa seule vue me ferait mourir.

Portez-vous bien, et plaignez la malheureuse

Mme DE SONNENSTEIN A Mme MULLER.

Waldingue, ce 4 mars.

Il faut encore, ma chère Molly, que je te demande un service. Depuis quelque temps je ne suis pas contente de mon fils. Il a des secrets pour sa mère qui, cependant, a toujours été sa confidente. Je ne crains rien pour ses mœurs; je connais ses principes, il est incapable de se livrer au libertinage; malheureusement il y a des folies qui mènent souvent aussi loin que le vice; et il faut que tu m'aides à le préserver d'une folie de cette espèce.

Informe-toi donc, auprès du plus sûr de tes correspondans à Strasbourg, des familles qu'y fréquente

7.   3

mon fils, et tâche de savoir si dans
ces familles il se trouve une demoiselle qu'il distingue particulièrement.
Tu n'ignores pas que depuis deux ans
il est au service de France; le régiment allemand de N...., dans lequel il sert, est en garnison dans cette
ville. Il ne sera donc pas difficile à
ton correspondant de le découvrir.
Je pourrais, il est vrai, écrire à mon
neveu qui sert avec lui dans le même
régiment; mais mon époux ne veut
pas le mettre dans l'alternative de
devenir un menteur ou un traître.
Tu n'auras pas de peine de recon-
naître à ce trait le noble guerrier
plein d'honneur.

Je suis toujours infiniment contente de notre Caroline; c'est une
charmante créature dont la société
m'a déjà aidé à éclaircir bien des
heures sombres. Elle s'est déjà reu-

due indispensable à mon époux, et,
s'il avait vingt années de moins,
j'aurais eu déjà bien des occasions
de devenir jalouse de cette petite
magicienne. Il paraît qu'elle n'a pas
encore oublié son amant. Il lui prend
de temps en temps des accès de
mélancolie et d'abattement qu'elle
cherche inutilement à cacher, quoique je n'aie pas l'air de m'en apercevoir. Je ne m'étonne nullement
qu'elle ait su inspirer à un cœur
jeune et non-corrompu une passion
romanesque ; et sans la différence
de condition, je ne saurais pas ce qui
pourrait empêcher ses parens d'approuver son choix, surtout s'ils sont
riches.

Déjà souvent j'ai formé le vœu d'a-
voir une pareille belle-fille, quoique
je serais très-affligée si mon fils était
à la place de Dornek ; mais je serais

toutefois plus tranquille que je ne le suis maintenant.

Hier la chère enfant m'a donné des inquiétudes réelles sur sa santé; aujourd'hui elle se trouve mieux. Elle te racontera probablement elle-même la cause de son indisposition.

Adieu, chère Molly; je sens bien que je te tourmente : je ne t'en fais pas d'excuses; ma confiance en toi est aussi illimitée que l'est mon amitié.

ÉLISE.

Mᵐᵉ MULLER A Mᵐᵉ DE SONNENSTEIN.

Manheim, ce 7 mars.

Je n'ai pas besoin d'écrire à Strasbourg, ma noble amie, pour vous
répondre sur l'objet de votre dernière
lettre. Monsieur votre fils a effecti-
ment un amour secret dont l'objet
est...... notre Lina. Il nous a trompées elle et moi sous le faux nom
de Dornek. Il le pouvait d'autant
plus facilement, que je ne l'ai pas
vu, comme vous le savez, depuis son
enfance.

Vous ne pourriez être plus étonnée de cette découverte que je ne le
suis moi-même. C'est Lina elle-même
qui l'a faite, en reconnaissant le portrait de son amant sur la tabatière de

votre époux. La pauvre enfant est au désespoir, et veut absolument quitter votre maison. Voilà ce qui a occasionné l'indisposition subite dont elle a été atteinte, et que vous aviez attribuée, Madame, à une cause bien plus légère.

J'ai, au reste, un autre secret à vous communiquer, et au sujet duquel il me faut réclamer toute votre indulgence. Je vous avais caché le véritable nom de notre Lina. Elle est demoiselle noble de Saalen. Pardonnez-moi, ma noble amie, ce mystère, qu'il m'a fallu jurer solennellement à cette fille infortunée. Sans cette promesse, elle n'eût pas accepté chez vous la place de femme-de-chambre ; et je devais la faire pour ne pas priver la pauvre abandonnée de l'asile que vous lui aviez offert. Elle ne pouvait prévoir la distinction que vous lui accorderiez même comme domestique, et croyait devoir à son père de ne pas se faire connaître sous son véritable nom. Elle veut maintenant se réfugier auprès de celui-ci. Son affaire avec le régiment a été arrangée; son honneur est sauf, et il a repris du service comme capitaine. Son père vit encore; mais il l'a déshérité à cause d'une mésalliance dont notre Lina est l'unique et malheureux fruit. Chez vous elle porte le nom de sa mère, et ce nom doit être cher à votre époux, puisque cette mère est la fille de ce même major Roland dont l'histoire a causé une si terrible émotion à la pauvre enfant. Depuis ce moment elle n'attendait plus qu'une occasion favorable pour se faire connaître à vous, et cela eût probablement eu lieu le jour même où elle fit cette malheureuse découverte qui lui ferma la bouche pour jamais.

Veuillez, Madame, ne pas lui laisser apercevoir que vous êtes instruite de son secret. Cette seule idée serait suffisante pour qu'elle se bannît de votre présence; et nous devons préserver la pauvre enfant d'une démarche désespérée. Vous n'avez rien à craindre de son amour; vous connaissez la noblesse de sa conduite dès l'origine de cet amour; et maintenant elle est trop irritée contre monsieur votre fils, elle a des motifs trop légitimes de l'être, pour qu'elle ne fasse pas tous les efforts imaginables afin de le bannir de son cœur. Il faudrait aussi, Madame, seconder ses efforts, en ayant soin de tenir éloigné de votre maison cet inconsidéré et trop dangereux jeune homme.

Vous trouverez ci-jointe, et ouverte, ma réponse à Lina; il vous sera aisé d'y apposer un cachet inconnu. Portez-vous bien, noble et généreuse amie, et pardonnez-moi une faute que je n'ai commise que dans l'intention de procurer à votre cœur généreux l'occasion de faire un acte de bienfaisance dont il m'était impossible de prévoir les suites : encore si j'eusse pu les prévoir, je crois que je n'aurais pu mieux vous servir que de confier l'objet de vos appréhensions à votre surveillance.

Je suis, etc.

MADAME MULLER A LINA.

Manheim, le 7 mars.

Mon effroi est encore trop grand, ma Lina, je suis encore trop profondément émue, pour pouvoir vous écrire bien au long. Mais ma sollicitude pour vous, chère enfant, ne m'empêche pas de réfléchir mûrement sur votre position, et de vous conseiller pour le mieux. Restez à votre poste; où pourriez-vous trouver un asile plus sûr? Que feriez-vous à Bruxelles, dans un pays de discorde et de révolte, et qui est sur le point de devenir un théâtre de destruction et de désolation? Que feriez-vous dans un couvent, où vous ne trouveriez peut-être pas un cœur qui sût comprendre le vôtre, et où vous seriez peut-être encore en butte à la passion du prosélytisme.

Non, ma Lina, vous devez rester à Waldingue ; vous y êtes aimée et estimée, et vous le serez, je vous en réponds, davantage chaque jour. Qu'est-ce que vous avez à y craindre? n'êtes-vous pas plus en sûreté sous le toit de vos nobles protecteurs, où vous avez choisi vous - même un asile contre votre amant, que vous ne le seriez dans mes bras?

Il ne connaît pas votre retraite, et plus que jamais il devra l'ignorer; et quand même il la découvrirait, croyez - vous qu'il aurait jamais la hardiesse de vous poursuivre jusqu'au sein de sa famille, dont il a tant de motifs de craindre le ressentiment? Non, ma Lina, il ne se risquera pas de paraître aux yeux de ses parens, ni aux vôtres; car je lui ferai savoir que son imposture est découverte, et que Lina n'éprouve plus pour lui d'autre sentiment que celui du plus profond mépris.

Soyez donc sans inquiétude, ma fille, et restez fidèle à votre sublime vocation que le doigt de la Providence vous a visiblement désignée. Elle vous conduit par un sentier incompréhensible, peut-être difficile, mais qui, je vous le répète, sera pour vous la voie du triomphe. J'offenserais votre vertu, je méconnaîtrais le noble orgueil de votre cœur, si je croyais nécessaire de fortifier votre courage pour faire un sacrifice douloureux que vous avez déjà la noble résolution d'accomplir.

Souvenez-vous de l'instant où vous eûtes la fermeté de refuser la main du jeune flatteur, quoique alors vous l'estimiez encore. Aujourd'hui que vous ne pouvez plus l'estimer, il doit vous être bien plus facile de justifier le nom de jeune héroïne que je vous donnais alors en répandant des larmes d'admiration.

Bénédictions sur vous, Lina ! vous êtes appelée à accomplir une action sublime ; l'esprit de votre bien-heureuse mère vous observe ; son approbation récompensera votre victoire. C'est en son nom que je vous serre sur mon cœur, moi qui ai hérité de ses sentimens pour vous.

MADAME MULLER AU LIEUTENANT DE SONNENSTEIN.

Manheim, le 8 mars.

La suscription de ma lettre vous apprendra, Monsieur, que déjà votre fraude est découverte; et que votre correspondance doit cesser. Vous aviez raison de me cacher un nom que vous profaniez. Lina sait tout; votre sentence est dans ces mots : *Je vous fais grâce de mes reproches; épargnez-moi, en revanche, la peine de vous renvoyer toutes vos lettres sans les ouvrir.*

M. MULLER.

Extrait du journal de Lina.

Le 9 mars.

Ma mère adoptive a raison; il faut que je rèste ici, je n'ai à y redouter personne que mon cœur. Pauvre cœur! quand finiras-tu de saigner? Le sacrifice sera douloureux, m'a-t-elle dit, mais vous avez déjà la ferme résolution de l'accomplir. Ah! oui, il est douloureux, infiniment douloureux d'oublier celui qu'on a aimé, et je dois non-seulement l'oublier, je dois plus encore, je dois le mépriser. Le mépriser! oui, Lina, le mépriser, car il t'a trompée. Quel autre motif, sinon une ruse coupable, aurait pu le déterminer à s'insinuer dans mon cœur sous un faux nom?

Dieu! dans quel abîme me serais-je précipitée si j'avais écouté sa première proposition! Maintenant je serais poursuivie par la malédiction et la vengeance de ses parens, auprès desquels je trouve consolation et protection. Ce n'est que maintenant que j'éprouve ce qu'il m'en coûterait de de fuir cet excellent couple. Avec quelle aimable inquiétude Elise ne s'intéresse-t-elle pas à ma santé! Avec quel ton paternel son digne époux ne m'a-t-il pas demandé ce matin comment j'avais dormi!

Non, Lina, tu ne dois pas sortir de ce temple de la vertu. Ce n'est qu'ici que tu trouveras le repos, si jamais tu peux le trouver; et pourquoi ne le trouverais-tu pas à la fin? Qu'as-tu à te reprocher? tu es restée fidèle à ton vœu; tu as été faible, mais non coupable. Le manteau de ta vertu est resté sans tache ; tu dois t'y envelopper, Lina ; lève les yeux ; ne vois-tu pas se dissiper le nuage qui te cachait le soleil ? déjà ses rayons y ont pénétré ; bientôt ils pénétreront aussi dans ton cœur.

LINA A MADAME MULLER,

Le 10 mars.

Que vous justifiez bien, ma vénérable amie, le nom de mère que mon cœur vous avait donné ! quel autre nom pourrait vous exprimer mes sentimens ?

Votre réponse a été pour moi une voie du ciel qui m'a tirée de mon anéantissement, et qui m'a donné la force de soutenir le combat. Oui, je vous l'avoue en rougissant, il m'a fallu combattre contre l'ennemi qui, vous le savez bien aussi, s'est emparé de mon cœur sous une figure si sé-déduisante. Sans le mépriser, je commence à ne plus le redouter.

Je reste ici, ma bonne mère ; vos raisons m'ont convaincue. Je ne fuis point, et je commence à éprouver de la honte d'avoir voulu fuir. Je ne dois cependant pas ma résolution uniquement à vos conseils maternels: les aimables procédés de mes protecteurs devaient s'y réunir pour me décider entièrement.

Depuis cette scène redoutable, on dirait que leur amour pour moi a redoublé ; ils ont oublié que je ne suis que leur première servante, et ils s'empressent à l'envi de m'apprendre à l'oublier moi-même. Le bon vieil-

lard se croit la cause de la frayeur
que j'ai eue, et emploie tous les efforts de son cœur pour en effacer
l'impression de mon âme. Elise aussi
m'accable de ses caresses maternelles;
son sourire rappelle la paix dans
mon âme. Souvent je vois en elle la
figure d'un ange. Comment est-il
possible, ma bonne mère, que vous
n'ayez pas été frappée d'une certaine
ressemblance? Vous vous rappellerez
ce que j'ai écrit dès mon arrivée ici
à ma Frida, qu'il me semblait avoir
déjà vu Elise quelque part, et que
son image était cachée dans un des
replis de mon âme. Hélas! ce n'était
pas son portrait, c'était sa parfaite
image que j'avais devant les yeux, et
que je retrouvai sur la funeste tabatière. Aujourd'hui, j'ai entièrement
complété ma conviction. J'étais oc -
cupée à faire la lecture au colonel :

la boîte était posée devant lui sur la table ; j'eus le funeste courage d'y jeter un coup-d'œil. Tout-à-coup un violent tremblement me saisit ; la gazette voguait çà et là dans ma main chancelante, les lignes disparurent devant mes yeux, et je fus obligée de m'arrêter. Heureusement qu'Elise n'était pas présente, et la vue faible du colonel l'empêchait d'apercevoir mon trouble ; au moins il ne me demanda pas ce que j'avais, quoiqu'il eût fixé ses regards sur moi. Je rassemblai mes esprits et m'efforçai de continuer à lire. Oh ! jamais, non jamais je ne jeterai les yeux sur cette redoutable peinture !

Nous avions de nouveau le pasteur et son vicaire à dîner ; je me trouvai infiniment à mon aise dans leur société. L'estimable jeune homme s'entretint long-temps avec moi d'objets

de littérature ; il a recommandé à
Elise plusieurs ouvrages nouveaux
que je me réjouis de lire. Pendant
que nous parlions livres, le colonel
s'était long-temps enfermé dans son
cabinet avec son vieil ami. Lorsqu'ils
en furent sortis, le pasteur se mêla
à notre conversation, et m'adressa
le plus souvent la parole. Il faut qu'il
ait été content de moi, car en par-
lant il me serrait la main avec une
affection paternelle, en disant : «Que
Dieu vous bénisse, chère enfant. »
J'étais touchée jusqu'aux larmes, et
tentée de me jeter à son cou.

Quelle félicité d'être aimée de si
estimables gens! Jamais mon cœur
ne le sent plus vivement, ma bonne
mère, que lorsque je m'occupe de
vous et de ma chère Frida.

Mme DE SONNENSTEIN A Mme MULLER.

Waldingue, le 11 mars.

Je te remets ton péché, cher Molly; sans lui, je n'aurais pas connu une des plus nobles créatures de Dieu. Ta lettre à cette excellente fille est digne de toi; nous avons été profondément émus en la lisant. Mon époux sent avec moi combien tu as contribué à garantir notre fils d'une démarche qui eût empoisonné le reste de nos jours.

Quel que fût cependant notre étonnement de trouver dans notre Lina l'amante inconnue que le jeune aventurier m'a dépeinte avec des couleurs si animées, quoique vraies, celui du colonel était encore bien plus grand de trouver en elle la petite-fille d'un héros dont il honore la mémoire avec idolâtrie. Il faut qu'ils se fasse la dernière violence pour lui cacher l'impression que cette découverte a faite sur son cœur, et il en veut souvent à cette enfant trop timide de ne pas avoir saisi le moment favorable qui s'était offert à elle pour se faire connaître. Cependant il se présentera bien une occasion de lui arracher son secret, sans t'exposer, chère Molly, au soupçon de l'avoir trahi.

Je suis extrêmement satisfaite de savoir que l'honneur de son père est sauf ; mon époux ne se permettra plus maintenant de tonner contre lui en présence de sa fille. Il connaît la famille de Saalen ; il excuse la sévérité du père envers son fils, sans approuver sa dureté envers son innocente petite-fille. Cependant il me disait hier : « S'il connaissait cette excellente fille , il faudrait qu'il fût un monstre s'il ne l'aimait pas. Au reste, il n'aura pas l'honneur d'assurer son sort ; c'est-là mon affaire. »

Tu vois bien , chère Molly , que Lina n'a aucun motif de quitter notre maison. Si mes observations ne me trompent point , elle est décidée à suivre ton conseil. Elle me paraît assez rassurée ; tâche seulement de l'entretenir toujours dans sa résolution. Je te donne, en revanche, ma parole que Charles ne connaîtra pas sa retraite , ni ne franchira pas le seuil de la maison paternelle , que tu n'en sois instruite ; les mesures sont déjà prises pour cela. Au surplus, tu ne blâmeras pas une mère s'il lui en coûte de croire son fils capable d'une bassesse : le temps éclaircira tout cela.

Adieu , ma chère Molly ; mon poux te salue de tout son cœur ; il est autant ton ami que je suis ton amie.

ELISE.

———

LE CAPITAINE DE SAALEN A LINA.

Le 12 mars.

Ta lettre, ma chère fille, m'a touché au-delà de toute expression. Une mission en Hollande m'a empêché d'y répondre plus tôt. Le hasard , ou, pour mieux dire, la Providence, t'a mieux placée que je n'eusse pu le faire moi-même. Demeure, chère enfant, dans l'asile qu'elle t'a ouvert ; il est

7.   5

plus agréable et plus sûr que celui que je t'avais offert.

Je me réserve de remercier par écrit tes généreux protecteurs pour toutes les bontés qu'ils te témoignent. Je le trouve encore inutile dans ce moment, d'autant plus que j'ignore si tu t'es fait connaître à eux. Si tu ne l'as pas encore fait, ne te hâte pas; tu n'y gagnerais rien, et tu ne ferais que les embarrasser. Il se présentera peut-être bientôt des circonstances qui me fourniront l'occasion d'aller leur offrir en personne les témoignages de ma reconnaissance.

Je viens de recevoir des lettres qui m'annoncent la mort du fils de ma belle-mère; mais mon ami me mande qu'il n'est pas encore temps de parler de justice à mon père inconsolable. S'il ne veut pas être juste envers toi, la Providence le sera.

Adieu, chère enfant; écris-moi bientôt. Je suis, avec l'amour le plus tendre, ton bon père.

FRÉDÉRIC DE SAALEN.

———

LINA A Mme MULLER.

Waldingue, ce 16 mars.

Ne vous effrayez pas, bonne mère, de la difformité de mon écriture. Je vous écris les bras enveloppés de bandages, et suis plus fière de mes blessures que ne l'est l'excellent vieillard de ses cicatrices. Ecoutez comment j'ai acquis ces marques d'honneur.

Depuis avant-hier le colonel souffrait assez fort de sa goutte : il ne voulut cependant pas garder le lit, et tous les matins deux domestiques furent obligés de l'approcher de la cheminée sur son fauteuil à roulettes. Hier, après le dîner, il fuma sa pipe. Le soleil dardait agréablement ses rayons dans le salon, et Elise me proposa un tour de promenade dans le jardin, pour jouir de la fraîcheur de l'air. Le colonel lui-même m'y engagea. Je suivis la baronne qui, en passant, ordonna au chasseur de se rendre, jusqu'à notre retour, auprès de son maître. Le chasseur obéit : mais le colonel lui dit qu'il n'avait besoin de rien, et le renvoya.

Après une promenade d'une demi-heure dans le jardin, Elise s'arrêta auprès du jardinier, alors occupé à retourner une couche. Je la quittai pour me rendre auprès de son époux :

c'était comme un pouvoir magique
qui me poussait vers lui. J'entendis,
de l'antichambre, le colonel appeler
le chasseur d'une voix étouffée; je
me précipitai dans le salon. Dieu,
quel aspect! la robe de chambre
fourrée du bon vieillard était en feu,
et il faisait de vains efforts pour l'é-
teindre, parce qu'il ne pouvait quitter son fauteuil. Je me jetai sur mes
genoux pour étouffer les flammes
avec mon schall que je venais d'arracher de dessus mes épaules. Je me
brûlai les bras, mais je ne le sentis
point, et au bout de deux minutes le
feu était éteint.

Mon saisissement m'avait ôté la
force d'appeler du monde ; et quand
je voulus ouvrir la porte, Elise se
présenta pour entrer. Ma pâleur, et
la fumée qui se porta au-devant
d'elle, lui firent deviner la vérité;

elle cria au secours, et s'empressa
avec moi auprès de son époux qui
s'était remis de sa frayeur : « Sois
tranquille, ma chère femme, la farce
est finie ; c'est à ce bon petit ange
que je dois la vie. »

Les domestiques étaient accourus ;
le colonel fut déshabillé et placé dans
son lit. Heureusement une de ses
cuisses seulement a été atteinte ; ses
bottes fourrées avaient préservé ses
jembes. J'étais debout au pied de son
lit ; alors seulement Elise m'aperçut ;
Ah ! Lina, pardonne-moi, me dit-
elle d'une voix émue, et en se jetant
en pleurant dans mes bras. Dans ce
moment entra le chirurgien qui s'approcha du noble vieillard : « Mon
ami, lui dit-il, visitez d'abord les
bras de cette chère fille. » J'avais
jusqu'ici tâché de les cacher ; je les
montrai au chirurgien ; ils étaient

rouges comme le feu. Elise jeta un
cri perçant. « Je m'en doutais bien,
dit le colonel, car elle a manœuvré
dans les flammes comme un artifi-
cier. Monsieur, guérissez-moi cette
chère enfant radicalement, entendez-
vous? radicalement. Il ne faut pas
qu'il en paraisse jamais rien : pour
chacun de ses bras je vous donnerai
le double de ce qui vous reviendra
pour ma cuisse. » J'avais beau m'en
défendre, il fallut me laisser panser
la première.

Probablement, ma bonne mère,
m'avez-vous déjà interrompue plusieurs fois en idée pour me demander la cause de cet accident. Le colonel, qui pourrait seul nous l'apprendre, ne la sait pas lui-même.
Lorsqu'il eut achevé de fumer sa
pipe, il s'approcha davantage du
feu, et s'endormit. Il est probable

que le feu aura gagné sa robe de
chambre fourrée, et qu'il ne s'est
réveillé qu'au moment où il ne pouvait plus y parer lui-même. Le ciel
soit loué de ce qu'il en a été quitte
pour la peur.

Le 17.

Nos blessures vont bien; dans huit
jours je serai guérie entièrement, à
ce que m'assure le chirurgien. Je ne
conserverai d'autres cicatrices qu'une
demi-douzaine de taches de brûlure,
qui devront cependant aussi dispa-
raître avec le temps.

Le colonel a déjà quitté le lit; ce
bon vieillard ne cesse de me prodiguer des éloges qui me rendent toujours confuse. Hier le pasteur vint
nous voir. Dès qu'il l'aperçut, il lui
cria : « Avant tout, cher pasteur,

embrassez-moi cette chère fille ! sans
elle je subissais le sort du bon roi
Stanislas. » — Vous vous rappellerez bien, ma bonne mère, qu'un pareil accident a coûté la vie à ce digne
prince. — De ce moment, continua
le colonel, je mets embargo sur la
brave fille ; elle ne doit plus quitter
mes côtés, et si l'empereur Joseph
venait me voir, je lui dirais : Sire,
voilà ma fille adoptive ; elle dîne
avec nous. Alors je lui raconterais
son action, et l'empereur Joseph me
répondrait : Bien, mon vieux, tu
portes un cœur sous la jaquette. »

L'amour d'Elise ne se manifeste
pas d'une manière moins touchante.
Elle ne manque jamais d'assister à
mon pansement, et de recommander
au chirurgien tous les soins, toute la
prudence possibles. Souvent, lorsque
nous sommes seules, elle me fixe

pendant quelques minutes avec une bonté inexprimable, et finit par me serrer dans ses bras. Aujourd'hui elle m'a présenté un magnifique schall, en ajoutant qu'il devait me dédommager de la perte du mien; elle m'offrit en même temps une belle bourse bien garnie : « C'est mon ouvrage, me dit-elle, tu ne la refuseras pas. Elle contient le premier terme de ma dette, et il y a plus d'un mois que tu es avec nous. » Je pris la forte somme en or qu'elle contenait, je la posai sur la table, et mis la bourse dans mon sein : « Mon père, lui dis-je, m'a suffisamment pourvue d'argent; vous m'avez fait oublier que je suis votre domestique; ayez la générosité, noble dame, de ne plus me le rappeler.—Fi, diable! s'écria de son fauteuil le colonel : quel vilain mot viens-tu de pronon-

cer là? que je ne l'entende plus !
donne-moi cet argent, ma femme,
je veux le placer dans sa tire-lire :
une fille bonne à marier peut bien
avoir une tire-lire. »

Le 18.

Je vous remercie, ma chère mère,
pour la lettre de mon bon père. Li-
sez-la ; je vois avec bien du plaisir
qu'il désire que je reste ici. J'ai toutefois aussi plus de motifs que jamais
de ne pas découvrir mon nom. Si
mon père connaissait tous les motifs
qui m'y engagent !

Les événemens de ces jours passés ne m'ont pas laissé beaucoup de
temps pour penser au destructeur de
mon repos ; je commence maintenant
à sentir que je ne l'ai pas encore oublié. Dieu ! comment est-il possible

qu'il soit le fils de pareils parens! ils n'ont encore jamais prononcé son nom devant moi; ils doivent être bien mécontens de lui, et c'est moi, hélas! qui suis cause de leur chagrin! Moi aussi j'ai du chagrin, mais je suis heureuse de n'avoir rien à me reprocher.

Mon grand-père est maintenant aussi dans l'affliction; je ne puis penser à lui sans pleurer. Que sa situation doit être cruelle, si le cercueil de son fils rappelle dans sa mémoire le cercueil de ma mère; s'il se rappelle qu'elle lui a pardonné sur son lit de mort, et qu'elle a recommandé à son enfant de prier aussi pour lui!

Je crains de ne pas voir se réaliser l'espoir de mon père. Sa belle-mère est encore plus irascible que le faible vieillard qu'elle tient constamment assiégé, et sa rapacité ne connaît pas de bornes. La misérable! c'est le cœur de son prisonnier que nous ambitionnons, et non son or.

Ma main est fatiguée à force d'écrire, et il est temps que je finisse ma lettre si elle ne doit pas devenir un volume.

Portez-vous bien, ma bonne mère; mes bras, quoique entourés de bandes, peuvent encore vous serrer sur mon cœur vous et ma sœur Frida.

LE LIEUTENANT DE SONNENSTEIN
A Mᵐᵉ MULLER.

Strasbourg, ce 18 mars.

Vous avez cru, Madame, voir en moi un séducteur hypocrite, et vous m'avez interdit toute correspondance avec vous. Je ne blâme point votre sévérité; les apparences étaient toutes contre moi; mais cette sévérité se changerait en injustice si vous refusiez plus long-temps d'entendre ma justification.

Veuillez lire ces lignes, que je me vois forcé de vous faire parvenir par une ruse; et lorsque vous les aurez lues, prononcez mon arrêt.

Vous soupçonnez ma probité principalement parce que je me suis pré-

senté dans votre maison sous un nom
emprunté. Ce nom n'était pas le
mien, il est vrai; mais mon hôtesse
vous dira que je n'en ai jamais porté
d'autre dans son auberge. J'arrivai
sous ce nom dans sa maison huit
jours avant le capitaine, et ce n'est
que là que je fis sa connaissance et
celle de sa fille. Vous savez cela,
Madame, de la bouche même de Caroline; par conséquent je ne puis
avoir emprunté ce nom dans l'intention de vous tromper.

Mes parens savent, et la moitié
de la ville de Strasbourg sait, qu'une
affaire d'honneur m'avait forcé à m'é-
loigner pour quelque temps, et personne ne devait savoir le lieu de ma
retraite. Cette circonstance me força
d'emprunter un autre nom, et de
faire passer par Strasbourg toutes
les lettres que j'écrivais à mes pa-

rens. Si vous m'objectiez que j'aurais dû me faire connaître à vous et à Caroline, je vous répondrais que je l'eusse fait indubitablement si, immédiatement après ma première visite, je n'avais appris par hasard, de mon hôtesse, vos relations intimes avec la famille Herborn. Vous m'avouerez, Madame, que vous vous seriez difficilement permis de cacher à mes parens et mon amour et le lieu de ma retraite. Cependant ce secret était pour moi de la plus grande importance; et si vous vous rappelez de ma première conversation avec Caroline, je n'ai pas besoin de vous répéter davantage mes motifs.

Lorsque cette estimable fille refusa ma main, j'instruisis, il est vrai, mes parens de mon amour; mais je ne pus me permettre de leur

nommer l'objet de mes vœux, et je
vous conjure, Madame, de garder
religieusement ce secret, si vous ne
voulez pas exposer la pauvre enfant
à des désagrémens sans nombre.

Je viens, Madame, de vous exposer, sinon tout ce que je pourrais
vous dire pour ma justification, au
moins ce qui était le plus essentiel.
Si vous trouvez mes motifs fondés,
(et l'estime que vous m'avez inspi-
rée pour vous ne me permet pas
d'en douter), je laisse à votre délicatesse à décider s'il serait juste de
laisser à notre Lina un soupçon également funeste à mon honneur et à
mon amour.

Si je devais me tromper dans mon
attente, elle ne tardera cependant
pas à savoir qui de nous deux l'a
trompée; car, je vous le répète, je
vous en fais le serment le plus so-

7.   6.

Iennel, aucune puissance de la terre ne saurait jamais m'en séparer ou m'empêcher de découvrir sa retraite. Ces sentimens doivent vous porter, Madame, ainsi que votre aimable fille, à me pardonner le stratagème que j'ai employé pour vous faire sortir d'une erreur qui a converti en véritable enfer mon existence déjà si pénible. Ne me privez pas, Madame, du droit d'être toujours avec une estime toute particulière,

Votre très-obligé,

C. DE SONNENSTEIN.

LINA A Mme MULLER.

Waldingue, ce 20 mars.

Ah, ma bonne mère, quelle chose
affreuse que la dissimulation! je viens
de payer bien chèrement la mienne.
Écoutez ce qui m'est arrivé ce matin.
J'étais tranquillement assise avec
Élise à la table à thé, et je préparais
le déjeuner du colonel, lorsque celui-ci me dit : « Écoute, chère petite,
il faut que tu me donnes l'adresse de
ton père, je veux le féliciter d'avoir
une si brave fille. » Figurez-vous la
frayeur dont je fus saisie à ces mots.
« Ah, monseigneur, répondis-je en
balbutiant, ne vous donnez pas cette
peine; j'ai déjà instruit mon père de
toutes les bontés dont vous me com-

blez. —Eh, reprit-il, si je veux lui écrire moi-même : ce n'est pas de moi,c'est de toi que je veux lui parler. » Je restai là comme une statue ; cependant je ne perdis pas contenance : « Comme je lui dois une réponse, monseigneur, vous pourrez me donner votre lettre pour que je la joigne à la mienne.—Il y a quelque chose là-dessous, petite ; tu es là comme une pauvre criminelle. »

Élise ne dit mot, mais elle me lança un regard de pitié qui me fit perdre toute contenance. Je tombai aux genoux du colonel : « Ah, monseigneur, pardonnez-moi ! — Que diable veut dire ceci ? que dois-je te pardonner ? — Je tremblais comme si tous mes membres allaient se disloquer. — O! pardonnez-moi de vous avoir caché mon véritable nom : je m'appelle *Saalen*. — Je me doutais bien que tu avais une mauvaise conscience. Saalen ? c'est apparemment *de* Saalen que tu voulais dire ? — Hélas, oui ! repris-je en pleurant ; je croyais devoir ma réticence à ce malheureux *de*. »

J'étais toujours aux genoux du bon vieillard qui me serra dans ses bras. « Rusée friponne, me dit-il avec la plus vive tendresse, je ne veux pas examiner si tu as tort ou raison ; mais tu m'as joué un tour diabolique ; tu es noble Demoiselle, et je t'ai laissé manger pendant trois jours avec mes gens ! tu m'en dois satisfaction. — Non pas, Monseigneur ; laissez-moi le nom que j'ai emprunté ; c'est celui de ma mère, c'est celui de mon grand-père, du major Roland, dont la mémoire vous est si chère. — Du major Roland ! s'écria-t-il ; toi, tu serais sa petite-fille ? toi ? et tu as pu encore me cacher cela? Petite sorcière! je ne sais si je dois te battre ou t'embrasser.—Il faut l'embrasser, cher époux, dit alors Élise qui, jusqu'ici, n'avait été que simple spectatrice de cette scène; elle a certainement bien assez expié sa faute. » Alors elle vint m'embrasser avec une tendresse qui fut un baume céleste pour mon cœur à demi-mort.

Je voulus ajouter quelques mots à ma justification; le colonel dit, en m'interrompant : « Pas un mot de plus, petite rusée! j'en sais assez, et je puis deviner le reste : donne-moi l'adresse de ton père. » Je la lui remis, et je lui écrirai également demain; je suis sûre qu'il ne désapprouvera pas ma conduite. Quelque cruel qu'ait été ce moment, il a cependant débarrassé mon cœur d'un grand poids.

Je suis également bien aise pour vous, ma bonne mère, que ma confession soit faite. Ni le colonel ni Élise n'ont fait mention de vous durant cette conversation. Ils croyent probablement que je vous ai aussi caché ma naissance.

Il faut que je finisse, ma bonne mère, parce que je veux encore écrire à Bruxelles. Adieu, etc.

———

Extrait du journal de Lina.

Le 21 mars.

Je n'ai pu raconter à ma mère adoptive toutes les circonstances de la scène d'hier. Lorsque je remis l'adresse de mon père au colonel, il la lut tout haut et me dit en riant : « Tu ne sais pas encore, petite, tous les désordres que ton incognito a causés ici. Tu as fait une vive impression sur le cœur du pauvre Arnould ; qu'en veux-tu faire maintenant? » Une idée, que je nourris depuis long-temps, m'aida à sortir de ce nouvel embarras. « Hé bien ! lui dis-je, je le recommanderai à une aimable fille qui le rendra bien plus heureux que je ne le pourrais moi-même.— Bravo, mon enfant! pourrais-je savoir?.... — Monseigneur, je n'ai encore aucun droit pour répondre. — Oh, oh! un nouveau mystère! — Je le devine, cher ami, dit Élise, et je loue également son idée et sa discrétion. » Elle mit par-là fin à cette conversation.

Ce bon Arnould! j'ai cru remarquer depuis quelque temps qu'il me

distinguait particulièrement. Son estime me flattait infiniment, et je ne
voyais rien que de l'estime dans l'empressement avec lequel il cherchait
à se rendre agréable à moi. Il est
probable que sa recherche fut le sujet de l'entretien secret que son oncle eut dernièrement avec le colonel.
Quelle jouissance pour moi, qui ne
puis être heureuse moi - même, de
pouvoir contribuer à la félicité de
deux cœurs estimables!

Mme MULLER A Mme DE SONNENSTEIN.

Manheim, ce 21 mars.

Lisez cette lettre, noble Dame, et veuillez me dire ce que je dois faire dans cette circonstance. Le porteur, que ma fille croit être un domestique, doit avoir guetté le moment de mon absence pour remplir sa commission. Frédérique était au magasin; il s'approcha d'elle, et lui demanda si elle n'était pas mademoiselle Muller. Sur sa réponse affirmative, il lui remit la lettre en disant : Elle est de mademoiselle Roland, et s'en fut précipitamment. C'était un grand bonheur, Frédérique ayant été sur le point de lui demander comment on se portait à Waldingue.

Elle crut qu'il s'était éloigné par discrétion, car il y avait plusieurs dames au magasin. La lettre était sous
enveloppe, à l'adresse de ma fille,
et la main de Lina était si habilement
imitée, qu'elle n'aperçut la tromperie
qu'après l'avoir ouverte.

Vous pensez bien, noble Dame,
que ni elle ni moi n'avons pu résister à la tentation de la lire. A mes
yeux monsieur votre fils s'est com-
plétement lavé du soupçon qu'il nous
avait donné le droit, à Lina et à moi,
de concevoir contre lui. Il ne dépend
que de vous de décider si je dois communiquer sa lettre de justification à
la noble demoiselle, si je dois y répondre, et ce que je dois lui dire ; et
si je me trouvais dans l'alternative
de déplaire à vous ou à monsieur
votre fils, vous savez déjà d'avance
le parti que je choisirais. Je dois ce-

pendant avouer qu'il me serait bien pénible de lui cacher entièrement le le retour de toute mon estime pour lui.

Notre Lina m'a instruite du danger qu'avait couru M. le colonel; elle est plus fière de ses blessures que lui de ses cicatrices. Ce sont là les propres expressions de l'excellente enfant, qui est toute transportée des bontés de ses dignes protecteurs. Moi aussi je le suis, noble Dame, d'avoir recommandé à votre bienfaisance un objet qui en est aussi digne, et je suis avec la plus tendre estime, etc.

Mme DE SONNENSTEIN A Mme MULLER.

Waldingue, le 24 mars.

C'est avec le plus grand plaisir, ma chère Molly, que j'ai lu l'apologie de mon fils. Je suis bien aise de savoir maintenant le motif de son séjour à Manheim, et pourquoi il y a changé de nom. Tu penses bien, mon amie, combien il est tranquillisant pour moi de savoir que le jeune enthousiaste n'est coupable que d'une étourderie, condamnable sans doute, mais qui ne touche en rien son honneur. Je remets entièrement à ta prudence l'usage que tu croiras devoir faire de sa lettre. Ma Molly ne doit pas perdre par ma faute la confiance de mon fils, ni notre Lina conserver l'opinion défavorable qu'elle avait conçue de lui. Néanmoins j'insiste sur ce que sa retraite lui reste toujours cachée. La bonne enfant a encore éprouvé une nouvelle frayeur : mon époux lui a arraché, par une ruse de guerre, comme il l'appelle, le secret de sa naissance, et t'a par-là sauvée de tout soupçon d'une indiscrétion. J'étais spectatrice muette de cette scène, et mon inquiétude était égale à celle de la pauvre petite pénitente. Cependant elle a réussi à se tirer d'embarras d'une manière aussi aimable que touchante.

Lina est véritablement un être rare, et si j'avais une fille, je ne sais si je pourrais l'aimer plus tendrement. C'est à toi, mon amie, que je dois cette délicieuse jouissance, et je ne souhaite rien autant que de prouver à l'excellente enfant que je ne l'aime pas seulement à cause de moi.

Ne crains pas, bonne Molly, que cette nouvelle affection puisse jamais relâcher le lien sacré qui unit depuis si long - temps nos cœurs.

Je t'embrasse, ainsi que ta bonne Frédérique.

ÉLISE.

———

MADAME MULLER A LINA.

Manheim, le 27 mars.

Il est bien vrai, ma chère Lina, que la dissimulation est une vilaine chose, et je suis bien aise que vous ayez débarrassé votre cœur de ce pénible fardeau. Cependant vous n'êtes pas la seule que ce manque de sincérité ait entraînée dans un labyrinthe de désagrémens. La dissimulation avait fait perdre votre estime au faux Dornek, et je me fais un devoir de la lui faire restituer.

Une lettre que j'en ai reçue il y a peu de temps, m'a prouvé qu'un duel l'avait forcé de quitter Strasbourg pour un certain temps, et de s'arrêter, sous un nom emprunté, à Manheim. Je me serais fait un devoir, ma chère enfant, quand même il ne m'en eût pas prié, de le justifier sur ce point à vos yeux, et je connais trop bien ma Lina pour devoir craindre de lui rendre par-là à elle-même un funeste service.

Consolez-vous, mon enfant; la vertu, dit Haller, n'est pas un vain

nom; et vous aussi, vous vous con-
vaincrez un jour de la vérité incon-
testable de sa sentence. Croyez-en
votre meilleure amie.

M. MULLER.

———

LA MÊME AU LIEUTENANT DE
SONNENSTEIN.

Manheim, le 27 mars.

Je vous perdonne, Monsieur, la
ruse que vous avez employée pour
vous justifier d'un soupçon qui avait
une trop grande apparence de vérité
pour ne pas vous offrir à Caroline,
ainsi qu'à moi, sous un jour extrêmement défavorable.

Vous devez assez connaître ma

façon de penser, pour être persuadé que je me ferai un devoir de vous justifier auprès d'elle; et cette assurance doit vous convaincre que je crois à la vérité de vos assertions. Cependant mes relations avec vos dignes parens me défendent de favoriser votre amour, qui n'aura peut-être pas leur assentiment.

Recevez, Monsieur, l'assurance de ma considération.

M. MULLER.

Mme MULLER A Mme DE SONNENSTEIN.

Manehim, le 27 mars.

Je n'ai, noble Dame, qu'un seul moment pour accompagner de quelques mots ma lettre à Lina, ainsi que ma réponse à M. votre fils. La première est sous cachet volant, et sa remise dépend de vous. La seconde est partie par le courrier d'aujourd'hui, et j'espère que vous l'approuverez. Il est difficile, noble Dame, d'éviter tous les écueils dans une affaire aussi délicate. J'espère cependant que votre indulgente amitié ne méconnaîtra dans aucun de ces écrits le soin que je m'efforce de prendre pour mériter votre approbation. Il est possible que je prépare par cette communication un nouveau combat au cœur de notre Lina ; mais c'est à sa vertu et non à un sentiment injuste qu'elle doit laisser l'honneur de la victoire ; et qui mieux qu'Elise pourrait la dédommager de tout sacrifice qui lui serait imposé ?

Je suis, avec la plus tendre estime, etc.

———

Extrait du journal de Lina.

Le 31 mars.

Mon cœur ne m'a donc pas trompée en contredisant ma raison qui voulait le forcer à le mépriser. Qu'il est délicieux de trouver un innocent sous le masque d'un criminel !

Jouis de ce spectacle, Lina, il t'est permis d'en jouir. Ce spectacle est encore plus enchanteur que ne l'est celui du repentir dont cependant le Ciel se réjouit ; seulement ton cœur doit rester pur dans cette jouissance. Tu peux de nouveau l'estimer, mais tu ne dois plus l'aimer ; il est le fils de tes bienfaiteurs ; il est destiné à une carrière brillante que ton amour lui fermerait. Les bontés de ses parens pour toi sont sans bornes, et tu y répondras en empêchant leur fils de leur désobéir. Ils sont mécontens de lui parce qu'il l'a déjà fait, et c'est toi qui étais la cause innocente de sa désobéissance. Confirme, soutiens ton innocence, Lina, commence de nouveau le combat sacré du devoir, et remporte une seconde victoire. Ta mère adoptive l'attend de toi ; elle ne veut pas craindre de t'avoir rendu un service funeste en t'instruisant de la vérité. Eh bien! elle ne doit pas avoir cette crainte ; réponds à son attente. Il est sans doute plus beau , plus grand , de vaincre sa passion pour un objet estimable , que pour un objet qui ne l'est pas. Le ciel doit se réjouir encore davantage d'un pareil triomphe.

LE LIEUTENANT DE SONNENSTEIN A MADAME MULLER.

Strasbourg , le 31 mars.

Vous ne savez pas , excellente dame, combien votre lettre m'a rendu heureux. Avec votre propre estime vous me rendez aussi celle de ma

Lina, et l'espérance est rentrée dans mon cœur. Je recommence une nouvelle existence. J'avais choisi une fausse route pour obtenir la main de ma Lina ; j'en ai été puni ; l'amour m'avait aveuglé, et l'amour me donne le courage de réparer ma faute.

Je vais demander un congé pour aller me jeter aux pieds de mes parens ; je veux tout leur avouer, et leur faire le portrait de ma Lina. Son image désarmera leur colère, et me réconciliera avec eux. Je l'espère de leur justice et de leur amour pour un fils qui, tout le cours de sa vie, ne les a offensés qu'une seule fois.

J'irai vous voir en passant, ma chère Dame, non pour vous arracher le secret du séjour de ma Lina, mais pour vous conjurer de confirmer le portrait que je leur ferai de cet ange. Sa liaison avec vous ne saurait les empêcher de lui rendre justice; n'est-elle pas aussi votre Lina, et sa vertu ne vous a-t-elle pas fait répandre des larmes d'admiration? J'oserai donc provoquer votre témoignage auprès de mes parens, et ce témoignage doit justifier mon amour. Ils ne pourront résister au désir de connaître cette fille si rare. A eur voix elle quittera sa retraite, ils la verront, ils l'admireront, ils l'aimeront et consentiront au bonheur de ma vie. Je n'oublierai jamais, estimable Dame, tout ce que vous aurez fait pour y contribuer, et ma reconnaissance égalera ma félicité; elle sera sans bornes, etc.

Mme MULLER A Mme DE SONNENSTEIN.

Manheim, le 1er avril.

J'ai encore, noble Dame, une lettre de M. votre fils à vous communiquer. Si vous n'êtes pas encore
instruite de son projet, il vous sur-
prendra autant que moi. J'oserai
avouer à mon Elise que j'ai lu l'ef-
fusion de cœur du noble jeune homme avec autant de sensibilité que de
plaisir. Je redoute cependant sa visite ; elle m'exposera plus d'une fois
au pénible danger de faire naître en
lui soit le soupçon d'une réserve
affectée, soit celui d'une feinte
coupable ; de plus, je me trouverai
ainsi dans l'impossibilité d'offrir pour
refuge ma maison à notre Lina.

7.   8

Vous sentez vous-même, noble Dame, que j'y risquerais trop, en même temps que vous êtes convaincue qu'un amour sans espoir ne saurait trouver son salut que dans la fuite. Au reste, vous pouvez tout aussi-bien vous passer de mes conseils que Lina de ma recommandation. Je sais déjà d'avance que, sans que je vous en prie, vous assurerez le repos de cet excellent être. Je vous l'avoue, j'ai absolument besoin de cette conviction intime ; elle m'empêche de trembler pour la pauvre enfant.

Je suis, etc.

Mme DE SONNENSTEIN A Mme MULLER.

Waldingue, ce 7 avril.

En recevant ta lettre, chère Molly,
j'en ai reçu une de mon fils qui nous
demande la permission de venir nous
voir pour une couple de jours. Comme il est rentré dans son devoir, nous
la lui accorderons avec plaisir. Sois
sans inquiétude au sujet de notre
Lina. L'amour que nous lui portons
doit t'être garant des mesures que
nous prendrons pour assurer son repos, ce que nous pourrons exécuter
sans que pour cela elle quitte Waldingue.

Tu ne dois pas appréhender la visite de mon Charles; il ne sait pas

tout ce que nous savons ; et ce ne
serait qu'autant qu'il en serait instruit que ton rôle pourrait devenir
pénible. Comme j'ai encore à lui répondre, il ne me reste que le moment, chère amie, de t'embrasser
de tout mon cœur.

Extrait du journal de Lina.

Le 7 avril.

Non, cet auguste couple n'a pas
son pareil sur la terre. Qu'as-tu donc
fait, Lina, pour mériter qu'ils te
comblent journellement de nouvelles
preuves de leur amour ? Souvent ils
se regardent mystérieusement, et
jettent ensuite sur la fille confuse un

regard qui décèle une bienveillance inexprimable. On dirait qu'ils sont instruits de mon secret, et qu'ils s'empressent à l'envi de s'insinuer dans mon cœur à la place de leur fils. Oh! ils ont déjà leur place au fond de son sanctuaire, et n'ont pas besoin d'en expulser personne. Lui aussi doit y conserver sa place ; je ne le nomme déjà plus que mon ami. L'amour de ses parens sera pour moi un dédommagement pour son amour ; il me donnera la force d'accomplir le sacrifice qu'ils me demandent. Que l'atmosphère de la vertu prête de forces!

LINA A FRÉDÉRIQUE MULLER,

Le 29 avril.

Si je n'étais pas persuadée, chère Frida, que notre bonne mère te communique toutes mes lettres, je me serais reproché depuis long-temps le silence que, depuis quelque temps, j'ai gardé avec toi. En attendant, ce silence m'a fourni une nouvelle preuve de ton amour que je n'aurais pu acquérir sans cela. Il ne t'est pas venu à l'idée, chère sœur, de m'accuser de négligence, et encore moins d'un refroidissement dans mon amitié, et en cela tu m'as rendu la justice qui m'est due. En revanche, je vais t'apprendre une nouvelle qui ne pourra être appréciée à sa juste valeur que par une bonne fille ou une bonne sœur.

Mon père viendra me voir encore dans le courant de ce mois. Le respectable ecclésiastique qui, depuis tant d'années, avait tenté inutilement d'attendrir le cœur de mon grand-père, vient enfin d'être chargé par lui de l'appeler à Saalen. Il veut se réconcilier avec mon père, et détruire l'acte qui atteste quelle fut sa haine contre lui. Mon père m'annonce cette heureuse nouvelle par une petite lettre qui était incluse dans sa réponse au colonel. L'estimable vieillard paraît en avoir été très-satisfait, car, en me remettant ma petite lettre, il me dit : « Ton père est un tout autre homme que je ne le supposais; je serais bien aise de faire sa connaissance. » Mon cœur bondissait de joie. » Et pour qu'il soit convaincu, ajouta Elise, qu'à Waldingue tu n'étais pas une orpheline, je te prie de porter toujours les portraits de tes parens d'ici.» En prononçant ces mots elle passa à mon cou une chaîne d'or avec un médaillon qui offrait sur l'un et l'autre côté une de ces précieuses images. « Dans mon cœur, et sur mon cœur ! » m'écriai-je tremblante de joie, et je voulus saisir sa main pour la baiser. Mais elle m'embrassa comme m'embrassait autrefois notre mère, et me conduisit vers son époux qui, assis dans son fauteuil, étendit également les bras vers moi.

Jamais des larmes plus douces n'ont coulé de mes yeux. « Ainsi donc, de ce moment père et mère, me dit l'excellent vieillard; surtout, comprends-moi bien, père et mère

tout court, sans avant-garde (1).
Mon Charles ne nous appelle pas
autrement. »

Le nom de Charles fut un coup
électrique porté dans mon cœur; ils
ne l'avaient encore jamais prononcé
devant moi. Je sentis que dans le
même moment je pâlissais, et qu'une
rougeur brûlante couvrait mes joues.
Pour cacher mon trouble profond, je
couvris de baisers ardens et précipités ces chères images, et répandis
les nouvelles larmes que le nom de
Charles faisait couler de mes yeux.
Le noble couple m'observa avec une
douce satisfaction, et, comme s'il
avait lu dans mon âme, il chercha
avec une touchante bonté un prétexte

(1) En Allemagne, dans les familles nobles, les enfans disent gràcieux père, grà-
cieuse mère.

98

pour abréger cette scène violente. Il
n'y a que toi, ma Frédérique, ainsi
que la plus tendre des mères, qui
puissiez la sentir comme moi. Adieu,
ma sœur; que pourrais-je encore avoir
à te dire?

———

Extrait du journal de Lina.

Le 9 avril.

C'est donc Charles qu'il se nomme,
Charles! à l'avenir il se nommera
aussi Charles pour moi. Dornek est
trop profane, et Sonnenstein trop
saint. Charles est si intime, si fraternel! fraternel.... oui, c'est là le vrai
mot; ne suis-je pas sa sœur depuis
hier? Ne l'oublie jamais, Lina, tu es

sa sœur; ce titre exclut tous les autres.

Que la journée d'hier était importante, qu'elle était solennelle pour moi! Tu te trompes, Lina; ton sort n'est-il pas décidé depuis long-temps? Hier il fut allégé, sanctifié. La victime fut parée pour le sacrifice avec une guirlande d'or et de perles.

Qu'est - ce que j'éprouve là? un frisson! c'est encore un souffle avertissant de ma mère ou de mon ange gardien, qui me rappelle que je suis sur le point de devenir un monstre, un des plus hideux, un monstre d'ingratitude.

Je regarde en pleurant les images chéries de mes bienfaiteurs; mes yeux y voient l'image de Charles, et son image réveille l'ennemi qui sommeillait dans mon cœur. O ne m'abandonne pas, ange protecteur!

aide - moi à vaincre ou à mourir.

Ah ! qu'il eût mieux valu pour moi de quitter cette maison et de me cacher dans la solitude la plus ignorée. Tu le pourras encore, Lina; tu attends ton père; ouvre-lui ton cœur, et conjure-le de te sauver.

———

LE LIEUTENANT DE SONNENSTEIN

A SON COUSIN.

Manheim, le   1 avril.

Je suis ici, mon cher cousin, et je t'écris de la même auberge où j'ai vu ma Lina pour la première fois. Je ne saurais te peindre ce que j'éprouvai en sortant de la chaise de poste sous la sombre voûte de la porte

cochère. Il me semblait entrer dans
le vestibule du Destin. Je courus à
la chambre qu'avait occupée Lina ;
heureusement elle était vacante , et
je me la fis préparer. Tout me rappelle son souvenir. C'est dans ce lit
qu'elle reposait ; ses joues de rose
avaient touché cet oreiller , et ,
hélas ! il a recueilli ses soupirs et ses
larmes.

Je courus voir madame Muller ;
cette excellente femme m'accueillit
d'un air plein de franchise ; mes regards se portaient dans tous les coins
de la chambre pour découvrir l'unique objet de mes vœux. Je me plaçai
sur le canapé où j'avais été assis à
côté d'elle le dernier soir que je la
vis. « Que fait-elle ? demandai-je à
demi-voix. » — Elle se porte bien,
répondit madame Muller, et elle est
convaincue de votre innocence. » Je

me jetai à son cou, et je lus dans ses yeux le désir de me voir heureux. Elle est la compagne d'enfance de ma mère, et je me rappelle maintenant qu'autrefois j'avais souvent entendu parler d'elle. Comme ma mère ne l'appelait jamais autrement que Molly, et qu'en outre le nom de Muller est un nom si commun, si répandu, je n'y avais jamais attaché aucune importance.

Ses relations avec ma famille me la firent regarder comme une ancienne connaissance. Je demandai des nouvelles de sa fille; elle la fit appeler, et l'aimable enfant se présenta aussitôt. Un doux frémissement s'empara de moi lorsque je vis suspendu à son cou le portrait de ma Lina. « Ah! m'écriai-je, c'est là Lina! je ne vous envierais pas une couronne, mais je vous envie cette image. —

Et moi, répondit l'excellente enfant, je vous souhaiterais de tout mon cœur l'original. — Bien sûr, m'écriai-je, en voulant saisir sa main pour la baiser. — Pas ainsi, reprit-elle en souriant, vous vous égarez; là, là. » Elle tendit vers moi le médaillon que je pressai avec transport contre mes lèvres.

Il m'était pénible de me séparer de ces excellens êtres. En leur faisant mes adieux, je fis promettre à madame Muller de me découvrir la retraite de Lina aussitôt que ma mère l'y aurait autorisée. Le cœur me battit à l'idée que peut-être demain, à pareille heure, le rideau qui me cache mon avenir sera tiré. Tu te souviens, mon ami, que dans sa lettre, d'ailleurs pleine d'indulgence, ma mère ne s'est pas prononcée clairement à l'égard des dispositions de mon père.

Je compte, en conséquence, descendre chez son ami, le vieux pasteur, pour recueillir des informations préalables.

Adieu, mon frère; ma première t'annoncera ma sentence de vie ou de mort.

———

LINA A FRÉDÉRIQUE MULLER.

Waldingue, le 10 avril.

Un moment, chère Frida, car je vogue dans un tourbillon de félicité qui me laisse à peine l'usage de mes sens. Mon bon père arriva ici hier tout-à-fait à l'improviste; jamais il ne m'avait encore embrassée d'une manière plus tendre, plus passionnée.

Dans le transport de ma joie, je faillis m'évanouir entre ses bras. Le colonel le reçut avec toutes les marques d'une considération distinguée, et Élise, la divine Élise, avec sa bonté accoutumée. Elle est en ce moment enfermée dans son cabinet avec mes deux pères, et moi j'ai couru en bondissant dans ma chambre, pour te griffonner ces lignes d'une main tremblante de bonheur. Je n'ajoute que mes embrassemens pour toi et notre excellente mère. O ! je suis convaincue qu'elle partage avec toi la joie de

Ta LINA.

LINA A MADAME MULLER.

Waldingue, le 11 avril.

Ma mère ! ô ma mère ! je suis.....
ah ! cette page encore est inondée
de mes larmes. En voici déjà deux
que je suis obligée de recommencer;
mais ce sont des larmes de joie ; oui,
ma mère, des larmes de joie de votre
heureuse Lina, de votre Lina heureuse au-delà de toute idée, de toute
expression.

Je ne sais si je pourrai vous retra-
cer une scène dont la peinture me
semble au-dessus de la puissance hu-
maine. Mon âme nage dans les délices du Paradis; elle croit rêver,
quoiqu'elle sache bien qu'elle ne rê-
ve point. Ce que j'oublie, ce que je

tronque, ce que je ne saurais vous
exprimer, votre cœur devra y suppléer. Laissez-moi me reposer un
instant avant de commencer; je ne
sais même pas encore par où je dois
commencer.

Hier au soir mes deux pères étaient
assis devant la cheminée et jouaient
aux dames; j'étais à coudre à côté
d'Élise. Tout-à-coup la porte s'ouvrit; le vieux pasteur entra, et derrière lui une figure qu'on ne pouvait
pas bien distinguer. Monseigneur,
dit le pasteur, je vous amène ici un
convive. La figure s'avança; c'était…
Charles. « Grand Dieu! Lina! » s'écria
celui-ci, qui resta immobile comme
frappé de la foudre. Je poussai un cri,
et me précipitai vers mon père, dont
je serrai les bras avec une force
convulsive. Je voulus me cacher dans
ses habits; Charles se jeta après moi,

s'écria encore une fois, Lina ! et voulut saisir ma main que je retirai en lui montrant le colonel. S'il m'eût fallu gagner le ciel en prononçant une seule parole, cela m'eût été impossible. Charles se jeta aux genoux de son père. « Pardon, mon père ! dit-il en balbutiant ; ah ! c'est elle !» Le colonel baissa sa tête argentée jusqu'à son visage, une larme s'échappa de ses yeux, et il embrassa son fils. « Imbécille garçon, dit-il, je sais bien que c'est elle, je sais tout. Un espion fidèle m'a révélé tout le secret. » J'étais encore frémissante dans les bras de mon père. Je jetai en ce moment un regard sur Élise qui, les bras pendans, était assise sur le sofa, et humait goutte à goutte la coupe de la joie. Sur un coup-d'œil qu'elle me jeta, je me précipitai également aux genoux du co-

lonel. « Comme tu es tremblante,
enfant, me dit-il en me serrant dans
ses bras; un fiancé n'est pas cependant un fantôme. » Ce mot parcourut mon cœur comme un éclair; il
l'ouvrit à un sentiment, à un sentiment, ma mère, qui n'est encore
jamais entré dans aucun cœur en-
deçà du ciel. Je tombai dans un doux
évanouissement qui ne dura cependant qu'un moment; les baisers d'É-
lise me firent revenir à moi. Je me
trouvai alors placée sur le sofa entre
elle et le colonel. Charles était à mes
genoux, et pressait alternativement
mes mains sur ses lèvres et sur son
cœur, et les inondait de larmes.

« Baise aussi ses bras, s'écria son
père, ils sont décorés de l'ordre du
mérite; sans eux je ne serais plus de
ce monde. Ecoutez, enfans, dit-il
après une courte pause, j'aime à ex-

pédier promptement mes affaires;
vous vous aimez; Dieu vous a unis ;
et ce que Dieu à uni, l'homme ne
doit pas le séparer. Dans quinze jours
cet honnête homme-là vous répétera
ces paroles devant l'autel. N'est - ce
pas, M. le capitaine ! » Mon père,
pour toute réponse, pressa sur son
cœur la main du patriarche.

La joie de Charles ressemblait à
celle d'un enfant qui ne peut répri-
mer l'éclat de ses sensations; il se
précipita alternativement et en chancelant dans les bras de ses parens et
dans ceux de mon père qui, avec les
accens de la plus vive tendresse, le
nomma son fils. Oh! il le sera, il sera le meilleur de tous les fils.

Vous avez probablement déjà deviné, ma bonne mère, pourquoi le
cher arrivant s'était fait introduire
par le vieux pasteur. L'aimable pé-

nitent crut avoir besoin d'un inter-
cesseur , et dans ce cas il n'eût certainement pu en choisir un meilleur.
Le digne vieillard avait aussi été le
mien auprès de son vieil ami , qui
lui avait toujours communiqué vos
lettres à Élise , et l'avait consulté sur
tous les points. Ce n'est que par de-
gré que j'ai fait cette découverte. Le
colonel communiqua à mon père le
projet de son cœur généreux dans
cette lettre qui lui avait donné l'occasion de m'arracher le voile de la
dissimulation ; et mon père arriva à
propos pour assister à la surprise enchanteresse que mes nouveaux parens nous préparaient à tous deux
en secret.

Et vous, mon inappréciable mère
qui , invisible comme la Providence,
veillâtes sur moi , qui guidâtes mes
pas chancellans , qui m'ouvrîtes le

chemin du cœur de mes bienfaiteurs;
vous, à laquelle j'ai tant d'obliga-
tions, quelles divines sensations le
bonheur de votre Lina ne doit-il pas
faire éprouver à votre cœur! Accep-
tez ces sensations comme votre récompense, et complétez-les en ve-
nant assister à ma fête avec ma Frida.
Elise m'a promis de vous en prier, et
mon amant (c'est pour la première
fois que je prononce ce mot tout
haut), ainsi que mes deux pères,
appuyeront ma prière. Ma seconde
mère et mon unique sœur doivent
être témoins de ma félicité pour
qu'elle soit complète.

Demain mon père partira pour
Saalen, d'où il espère revenir sous
huit à dix jours. Dieu ! si ce dernier
vœu de mon cœur pouvait aussi être
exaucé ! si mon père, après une
persécution de tant d'années, pou-

vait à la fin aussi retrouver un père ! Il est tout-à-fait changé ; le jeu, qui l'avait rendu si malheureux, lui est devenu odieux ; et l'écorce qui avait enveloppé son cœur noble et sensible, est tombée.

Avec quel doux orgueil, mon estimable amie, je vous dirai : Voici mon père ! et à lui : Voici ma seconde mère !

LE LIEUTENANT DE SONNENSTEIN A SON COUSIN.

Waldingue, le 13 avril.

Frère ! tu crois comme moi à un ciel. Elance-toi dans ces régions de félicité, et demande au plus heureux des heureux s'il est plus heureux que moi? Il te répondra *non*, car Lina est ma fiancée, et dans quinze jours elle sera ma femme.

N'attends de moi aucune description de la scène qui, de l'abîme du désespoir, m'a élevé au faîte de la félicité. Je ne suis pas encore tout-à-fait revenu à moi, j'ai retrouvé ma Lina. La première personne que j'aperçus hier en entrant dans l'appartement de mon père, ce fut Lina.

La bonne Muller, qui n'avait aucun soupçon que le faux Dornek était le fils de son amie, avait placé la céleste fille comme femme de chambre auprès de ma mère; et Lina, dans cette modeste situation, avait, au bout de peu de semaines, su trouver le chemin du cœur de mes parens, et gagner le titre de leur fille. Mon portrait, qu'elle avait vu par hasard, lui découvrit mon secret. Elle me crut un imposteur, et tour-

mentée par un chagrin mortel , elle
voulut fuir chez son père à Bruxelles.
Madame Muller , cette excellente
femme , la détourna de ce projet, et
découvrit à mes parens le secret de
son amour et celui de sa naissance.
Lina, au risque de sa propre vie ,
sauva mon père des flammes , et
dès ce moment celui-ci prit la noble
résolution de recevoir cette fille rare
dans sa famille; ce qui, depuis long-
temps, fut le vœu secret de ma mère.
Il écrivit à son père pour lui demander son consentement , et tu penses
bien , mon ami , qu'il ne tarda pas
long-temps à lui parvenir. Lina igno-
rait tout cela. Son doux étonnement
fut semblable au mien, lorsque nous
nous trouvâmes réunis comme par
un pouvoir magique ; et son transport indicible égala aussi le mien,
lorsque , en présence du capitaine ,

mon père me nomma son fiancé.

Maintenant, mon frère, tu me permettras bien d'extravaguer, et tu m'avoueras en même temps qu'au-dessus et au-dessous de la lune il n'existe pas un être plus heureux que moi. Tu en douteras d'autant moins lorsque tu sauras que hier Lina, penchée sur mon sein, me fit le doux aveu que son bonheur était inexprimable. J'étais allé tout doucement la trouver dans sa chambre. Tu aurais dû être témoin de l'émotion, de la rougeur de cet ange, lorsqu'elle me vit ouvrir lentement sa porte, et me précipiter vers elle les bras étendus. La chère, la pieuse fille veut convertir cette petite chambre en chapelle, et dit qu'elle y viendra tous les jours pour se souvenir de son bonheur et se rappeler ses devoirs.

Mon père est tout-à-fait enchanté.

La première soirée , après que le capitaine et elle se furent retirés, il me dit : « Ecoute, garçon, tu ne mérites , ma foi , pas encore cette jeune fille ; mais il faut espérer que tu la mériteras un jour. Elle t'a préservé de faire une sottise qui nous aurait séparés à jamais, et maintenant je veux l'en récompenser. Il est vrai qu'il y a une petite macule dans sa filiation ; mais son père est de bonne noblesse , et il est redevenu galant homme. Au surplus , le grand-père , ainsi que la petite-fille, sont cause que je suis encore de ce monde. S'ils avaient fait cela à l'égard d'un roi , il les aurait certainement élevés à la dignité de comte ; et partant, je pense que je puis bien recevoir dans ma famille cette bonne fille qui , outre cela , ressemble par ses vertus à ta mère. Cependant , je consignerai au

long l'histoire de cet événement dans ma chronique de famille, afin que nos descendans puissent un jour se convaincre que je n'ai pas agi là-dedans en étourdi, mais en homme de bien. »
Des larmes de félicité accompagnèrent le sourire avec lequel je baisai les mains du majestueux vieillard et de la meilleure des mères.

Le capitaine est parti ce matin pour aller joindre son père. Cette réconciliation sera encore une belle fleur ajoutée à notre guirlande de joie. Dès son retour notre mariage sera célébré. Pourquoi ne peux-tu venir y assister? Je conçois que tu n'obtiendrais pas de permission, la saison des exercices étant trop proche. Cela me fait d'autant plus de peine, que j'enverrai bientôt ma démission, pour consacrer entièrement mon existence à mes parens et à ma Lina. Tu ne te

fais pas d'idée combien ils sont con-
tens de ma résolution.

Je viens, mon frère, de te faire
un sacrifice digne de ton amitié. J'ai
ravi à moi et à ma Lina une heure
entière pour m'entretenir avec toi.
Un embrassement encore, celui du
plus heureux des fiancés et du plus
sincère des amis.

CHARLES DE SONNENSTEIN.

Mme DE SONNENSTEIN A Mlle MULLER.

Waldingue, le 15 avril.

J'ai un peu tardé à t'écrire, ma
chère Molly; mais il faut avoir de
l'indulgence pour une mère de fiancés; et puis notre Lina t'a sans doute

déjà rendu compte des scènes déli-
cieuses qui se sont passées chez nous.
O ma bonne amie ! je suis la plus
heureuse des mères. Tous mes vœux
secrets sont remplis, tous mes des-
seins ont réussi.

Pardonne-moi maintenant, chère
Molly, de ne pas avoir fait de toi ma
confidente; ce n'était certainement
pas par manque de confiance, et j'espère que tu me rendras assez de justice pour en être persuadée ; je crai-
gnais qu'un regard de satisfaction ou
un air mystérieux ne fissent entre-
voir à Charles la surprise que je lui
méditais. L'amour est si clairvoyant,
et le pauvre garçon était si inquiet,
qu'il a guetté à coup sûr les moin-
dres mouvemens de ton visage. Au
reste, je te devais une petite correc-
tion pour m'avoir caché la naissance
de notre Lina. Si je l'avais connue

plus tôt, je me serais crue autorisée de hâter d'autant la proposition de mon plan. Mon époux s'est montré dans cette circonstance d'une manière infiniment noble et généreuse. J'espère donc, chère Molly, que tu me pardonneras ma discrétion, et que, pour gage de ce pardon, tu viendras nous joindre avec ta Frédérique. Vous nous feriez faute à tous si tu n'accédais pas à nos vœux ; aussi je suis persuadée que tu ne nous refuseras pas.

Le colonel a l'intention de t'envoyer son carrosse de parade, et le capitaine ira vous joindre. Lina a dû lui raconter toute son histoire, et il apprécie aussi bien qu'elle et Charles tout ce que tu as fait pour son enfant. Cet homme gagne infiniment à être connu de près ; et si l'on considère toutes les tribulations qu'il a éprouvées, l'on ne peut que lui pardonner son égarement. Son cœur, ulcéré par tant de blessures, était devenu insensible ; il l'ouvre maintenant de nouveau à l'amitié et à la joie.

Nous étions un soir au souper à nous entretenir du jeune couple qui était placé vis-à-vis de lui. Charles avait son bras passé autour de celui de Lina ; le capitaine les regarda long-temps en silence. Ses yeux se remplirent de larmes. « Dieu! s'écriat-il enfin en poussant un profond soupir, si sa mère avait assez vécu pour voir cela! » Il se leva subitement de table, se couvrit le visage de ses deux mains, et quitta le salon. Cela nous déchira le cœur ; et notre pitié était accompagnée de ce respect qu'inspire le malheur de l'homme estimable.

J'aurais encore beaucoup de cho-

ses à te dire , ma chère amie, mais
cela ne pourra, cela ne devra se faire
que verbalement. Lina aussi a beaucoup de choses à communiquer à sa
Frédérique. Elle nourrit un projet....
Adieu , pas une syllabe de plus ;
adieu, chère Molly ; hâte-toi de venir
dans les bras de ton

ELISE.

LE CAPITAINE DE SAALEN A LINA.

Saalen , le 18 avril.

Je t'écris, chère enfant , sous un
toit que pendant vingt années il ne
m'était permis de contempler que de
loin , et qui m'abrite de nouveau
comme fils de la maison. Je me ré—

serve de te faire de bouche le récit
de mon entrée sur ce seuil redoutable, et de ma réconciliation avec
mon père. Il doit te suffire pour le
moment de savoir que ce père retrouvé veut aussi être ton grand-père, et
que même il est fier de pouvoir te
nommer sa petite-fille. Tu devineras
bien toi-même, chère enfant, que
ton entrée dans une des familles les
plus distinguées de l'empire, n'a pas
peu contribué à opérer ce miracle.
Mon père désire même qu'après les
noces je lui amène ses petits-enfans,
pour recevoir de ses mains le présent
de noces de vingt-quatre mille francs
qu'il leur destine.

Quant à ma belle-mère, la mort
de son fils ayant déjoué tous ses projets, si sa haine n'est pas éteinte, elle
la cache du moins sous le voile d'une
politesse de cour à laquelle je ne me

fierais nullement si javais encore à là craindre. Par l'intervention du seul ami que j'avais conservé ici, mon père a fait un testament ouvert par lequel il annulle le précédent, en m'instituant légataire universel de tous ses biens, et en assurant à ma belle-mère la jouissance de la moitié de ses revenus. Ma condescendance pour cette disposition, que j'avais proposée moi-même, a tellement surpris et même rendu confuse cette femme intéressée, qu'elle me témoigne maintenant une hypocrite bienveillance pour effacer de mon souvenir jusqu'à la trace de ses anciens procédés. Elle n'a pas besoin de cette misérable tactique pour me désarmer. Les gens heureux trouvent une jouissance à pardonner; et je suis si heureux, ma Lina, si heureux par toi, que je n'envisage plus mes maux passés que comme un songe auquel tu m'as arraché.

Mon père désire que je demeure toujours avec lui, et que je me charge de la surveillance de ses biens. Je lui dois cette attention , et la prudence même me la conseille. Et afin , me dit-il , que je n'aie pas besoin d'attendre sa mort pour être indépendant, il m'abandonne dès aujourd'hui une des plus considérables de ses terres. Elle rapportera bien au-delà de mes besoins , et me fournira les moyens de m'acquitter d'une manière honorable de mes engagemens avec les états belges. Je suis en ce moment occupé de cette mesure , et après-demain j'espère entreprendre mon retour dans une famille aux vertus de laquelle je dois ton bonheur , ainsi que mes heureux efforts pour me rendre digne de son amitié.

Adieu, ma chère enfant, sois l'interprète de mes sentimens auprès de cette estimable famille, et partage avec ton noble fiancé les tendres embrassemens de ton bon père.

———

Extrait du journal de Lina.

Waldingue, le 21 avril.

L'indulgence n'est étrangère qu'aux âmes ordinaires ; ce n'est que celles-là qui ont besoin de se vaincre pour l'éprouver. Avec quelle bonté mes nouveaux parens ne parlent-ils pas de mon père ! Ils ne voient que les maux qu'il a soufferts, et ces maux sont pour eux un voile bienveillant qui couvre à leurs yeux toutes ses erreurs passées.

Avec quelle émotion, avec quelle joyeuse satisfaction ils ont écouté la lecture que je leur fis de sa lettre, et admiré son procédé envers sa belle-mère! Ils n'ont paru indifférens qu'au cadeau que veut me faire mon grand-père; à moi il ne doit pas l'être; c'est le gage d'une réconciliation qui ne laisse plus rien à désirer à mon cœur, et ne lui rappelle qu'un souvenir pénible et doux en même temps.

Mon cher, et bon Charles m'accompagnera avec plaisir dans le voyage de Saalen. O! chaque jour jette sur son excellente âme une nouvelle lumière. Et son amour! qu'il est pur, qu'il est modeste! chaque baiser que je lui permets est saint pour lui, et appelle une larme dans ses yeux. Souvent je me reproche ma

timidité à répondre à sa tendresse.
Mais patience! il lira un jour dans
ces pages; je ne dois pas lui dévoiler
mon secret.

Le 4 mars.

Mon père est arrivé, et demain il
partira pour Manheim, pour chercher ma mère adoptive et Frédérique.
Je lui remettrai une lettre pour notre bonne hôtesse, qu'il veut accompagner d'un souvenir que madame
Muller choisira et sera chargée de
lui remettre. Je ne veux pas qu'il
paraisse dans cette auberge qui doit
lui rappeler tant de souvenirs péni-
bles.

Comme le grand jour approche,
Elise voulait me transplanter dans
un des magnifiques appartemens du
château. Je m'en suis défendue :

c'est de la modeste petite chambre où je suis entrée comme domestique, que je veux me présenter, avec mon Charles, devant l'autel de la Divinité. Cette excellente mère ne veut pas s'opposer à ma volonté; bientôt, oh! bientôt je n'aurai plus d'autre volonté que la *sienne*.

Le 27 avril.

Quels torrens de délices coulent d'une seule source dans mon cœur! Jamais des yeux humains n'ont répandu autant de larmes de joie que les miens depuis quinze jours. Hier encore elles me tinrent lieu de paroles dans les bras de ma Frida et de notre mère. Mon Charles aussi les serra dans ses bras avec tant d'émotion, tant de tendresse! Elles furent reçues par ses parens comme le seraient des membres de la famille ; les yeux du colonel reposèrent avec satisfaction sur l'aimable visage de Frédérique. «Hé, diable ! ma chère Muller, quelle charmante et brave fille vous avez-là ! Vous n'avez qu'à préparer aussi une dot, car elle est bonne à marier.»

La pauvre Frédérique rougit ; je lui mis en riant la main sur la figure ; le colonel rit aussi. Tout-à-coup il prit sa mère par la tête et lui baisa les deux joues de toutes ses forces. «Encore une fois, mille et mille remercîmens, ma chère Molly, pour le petit adjudant que vous m'aviez donné ; cependant le petit drôle déserte ; où en trouverai-je maintenant un autre ? — Avec votre permission, mon gracieux colonel, lui dis-je en pressant sa main contre mon sein, je ne me laisse pas ainsi donner

mon congé sans motifs. Je ne déserte pas. J'ai obtenu de l'avancement,
et j'espère que vous voudrez bien
me garder à votre service : en cas de
besoin, mon Charles me remplacera.
— Ah, ah! en cas de besoin, s'écria-
t-il en riant ; eh oui ! dans un an
d'ici, ce cas de besoin se présentera
s'il plaît à Dieu. Alors, au lieu de
chants guerriers, tu chanteras des
chansonnettes à côté d'un berceau,
et moi, si je vis encore, je t'accom-
pagnerai doucement en chantant la
basse en faux-bourdon. » — Mon
visage était en feu : il eut pitié de ma
confusion, et me tendit sa joue : —
Baise-moi, petite enchanteresse. »
Personne, à coup sûr, ne lui a jamais
obéi plus promptement que je le fis.

Aujourd'hui nous eûmes à dîner
le pasteur avec son neveu, ainsi que
M. Ehrard et sa femme. J'ai remar-

qué avec une vive satisfaction que
le vicaire ne cessait de regarder Frédérique, et qu'il s'est entrenu long-
temps avec elle après le dîner. Il
paraît ignorer que Caroline de Saalen est instruite de l'impression que
Caroline Roland avait faite sur lui;
car il me parle avec la plus grande
aisance. J'ai tâché de la lui faire
conserver par la confiance que je
mettais dans mes discours, et en lui
demandant son amitié. Il était profondément touché.. Frédérique vint
à passer; je lui pris la main en disant:
« J'ai là une amie auprès de laquelle
je désirerais souvent me trouver, au
milieu même de ma plus grande félicité. » Je disais vrai; jusqu'ici je
n'avais désiré que pour elle sa trans-
plantation à Waldingue; mais aujourd'hui que Waldingue va devenir
mon séjour habituel, j'ai le droit

bien doux de former ce désir aussi pour moi-même. Je n'ai jamais trouvé mon amie aussi aimable qu'aujourd'hui; elle a dû, oui certainement elle a dû plaire à l'estimable Arnould.

Lorsque nos hôtes furent partis, les deux pères, ainsi que Charles, parlèrent de la guerre de Turquie; Elise se rendit dans sa chambre avec son amie, et je suivis ma Frida dans la sienne. Je n'avais pas encore eu le temps de l'entretenir en particulier. Nos cœurs s'épanchèrent; nous renouvelâmes notre alliance fraternelle, et la scellâmes de saintes larmes. Frédérique a déjà la permission de rester ici jusqu'à notre retour de Saalen; il faut que je profite de ce temps pour exécuter mon projet. O Dieu! si j'y réussissais! que cet espoir seul me rend heureuse! Elise,

la divine Elise veut tout employer
pour qu'il s'accomplisse.

Le 28.

C'est donc demain, c'est demain
le grand jour, où je dois te promettre,
Dieu de bonté, d'être la plus heureuse de tes créatures. Je m'efforcerai
constamment d'en être aussi la plus
reconnaissante.

Mon Charles, mon noble Charles,
attend cette heure solennelle avec
un sérieux imposant. Quelle différence de son maintien à la profane
légèreté avec laquelle tant de fiancés
s'approchent en pirouettant de l'autel!

Oh! mon Charles est l'âme la plus
pure, la meilleure! où aurais-je pu
trouver son pareil? il m'abandonne
pour mes épingles la rente de ma dot;

j'espère en faire un plus digne usage.
Elise vient de faire distribuer cin-
quante sacs de blé aux pauvres ou-
vriers du village; car, pour des pauvres proprement dits, il n'y en a pas.
C'est de toi, femme unique, que je
vais apprendre l'art de faire du bien.
Quelle est donc la vertu que je ne
puisse apprendre de toi?

Le 30.

Il est donc vrai? oui, je suis sa femme, je suis la femme du bien-aimé;
je suis sa compagne dans le voyage
de la vie! Dieu, mon Dieu! donne-
moi la force de supporter mon bonheur, et de remplir les plus beaux,
les plus saints devoirs auxquels je
me suis engagée.

Je ne saurais dire comment s'est

passée pour moi la journée d'hier.
Je ne voyais que lui; je n'entendais
résonner à mes oreilles que son *oui*,
prononcé d'un ton si ferme, si ani-
mé. Je n'apercevais tous les autres
objets que comme à travers un
crêpe argenté. C'étaient seulement
d'aimables apparitions fantastiques
qui m'entouraient, dont le sourire
m'adressait des vœux de bénédiction.

Toi aussi, chère ombre de ma
mère, je le sais, tu m'adressas aussi
un sourire de bénédiction. «Si sa
mère avait assez vécu pour voir cela!»
disait dernièrement mon père; et
pendant que j'étais devant l'autel,
j'entendis une voix douce qui me
chuchottait : «Elle le voit!»

RÉGINALD ET PAULINE.

CHARLES-LE-TÉMÉRAIRE assiégeait le duc de Lorraine dans sa capitale. Le jeune Réginald de Vassi servait dans les gardes-du-corps du Bourguignon. Il était le fils d'un de ses plus vaillans capitaines, qui avait trouvé la mort aux champs de Morat. Le noble jeune homme lui-même combattit à côté du duc dans cette journée sanglante, et pour récompense de sa valeur, il fut armé chevalier, quoiqu'il n'eût pas achevé sa vingt-unième année.

Dans une sortie que firent les assiégés, Réginald fut blessé à la tête et au bras, et fut transporté dans un couvent de femmes où, suivant l'usage de ces anciens temps, on le remit aux soins des religieuses. Celle à qui on le confia était une novice de dix-sept ans, qui n'était entrée au couvent que depuis quelques semaines. Elle eut un soin extraordinaire de son malade; elle pensa ses blessures, elle veilla auprès de son lit.

Pauline était orpheline; son père, négociant flamand, s'était établi avec elle à Lunéville, et par suite d'une série de malheurs, il y avait perdu toute sa fortune. Le chagrin qui le minait depuis cette fatale époque, le conduisit bientôt au tombeau, et relégua sa fille au couvent, le seul asile qui pût la préserver de la misère. L'amour seul eût pu la retenir dans le monde, si son cœur eût connu l'amour.

C'est avec l'abandon le plus com-

plet qu'elle remplit les devoirs de
son nouvel état, et Réginald n'eût
pû être mieux soigné par sa propre
mère. Les premiers jours il ne vit
dans Pauline que sa garde-malade;
ses esprits affaissés et épuisés ne lui
permirent pas de considérer la charmante figure qui brillait à travers le
voile. Mais lorsqu'il eut peu à peu
retrouvé la vie, il voulut connaître
sa bienfaitrice; et ses regards se fixè-
rent sur le front virginal, les joues
fleuries et les grands yeux bleus de
cette jeune fille, qui, toute troublée
de cette longue attention, laissa
tomber les bandes dont elle devait
entourer son front. Jamais Pauline
n'avait été aussi maladroite; et elle
était fâchée de l'être justement dans
ce moment-ci. Elle acheva en tremblant son pansement, et tira promptement les rideaux du malade, afin de

lui dérober son émotion et sa rougeur.

Les douleurs de Réginald donnaient un nouveau charme à sa beauté : son visage était pâle; ses yeux, autrefois si ardens, étaient maintenant ternes et abattus; mais ses traits avaient encore conservé leur beauté mâle et imposante. Pauline, qui n'avait pas encore remarqué ces perfections, commença à les apercevoir. Tous les deux semblaient ne se connaître que de ce moment, et paraissaient s'étonner de s'être restés étrangers pendant deux jours.

Réginald adressa ses remercîmens à son aimable garde-malade à demi-voix et par des paroles entrecoupées; ses actions de grâces étaient toujours accompagnées d'un léger serrement de main lorsqu'il pouvait parvenir à les saisir. Quoique Pauline ne lui répondît jamais chaque fois qu'il la nommait son sauveur, ses yeux devenaient humides, et elle n'osait toucher ses blessures, de crainte d'augmenter ses souffrances.

Le respect pour son état et pour la sainte hospitalité, firent garder le silence au chevalier. Mais lorsque Pauline lui eut dit qu'elle n'était encore liée par aucun vœu, ses regards devinrent plus éloquens, et il n'étouffait plus les soupirs qui s'échappaient de sa poitrine.

Pauline commençait à comprendre ce langage. Un nouveau sens s'éveilla en elle ; elle sentit que ce n'était pas uniquement la pitié ou les devoirs de son état qui la retenaient auprès du lit de Réginald plus long-temps qu'auprès des deux autres blessés qu'elle soignait dans une chambre voisine. Elle ne devinait pas

ce que c'était que ce sentiment, et
son cœur était trop naïf pour chercher à s'en rendre raison. Elle rougit cependant lorsqu'elle prit pour la
première fois la précaution de bien
fermer la porte en quittant la chambre attenante pour entrer dans celle
de Réginald. Elle surprit en elle le
désir de se trouver seule avec lui, et
cependant elle manqua, dès ce moment, très-rarement d'obéir à cet
instinct énigmatique. Lorsque le jeune homme s'appuyait sur son bras,
elle se gardait bien de le déranger ; et
les mouvemens précipités de son pouls
trahissaient les sensations qu'elle
éprouvait.

Chaque jour les soins qu'elle lui
prodiguait devenaient plus tendres ;
elle tâchait de les lui cacher, et cependant elle voyait avec plaisir Réginald s'en apercevoir. L'innocence

souriait sur ses lèvres lorsque, à son entrée dans sa chambre, il penchait vers elle sa tête enveloppée, ou qu'elle lui apportait un met fortifiant que ses mains avaient préparé.

Au bout de la troisième semaine, Réginald était en état de quitter son lit; alors il se promenait quelquefois dans sa petite chambre, et Pauline lui prêtait le secours de son épaule. Comme il pressait alors cette épaule voilée d'un vêtement jaloux! comme il cherchait à deviner les douces palpitations de son sein, dont émanait vers lui une chaleur électrique! Pauline le regardait quelquefois avec la plus aimable confiance, mais elle ne pouvait long-temps supporter ses regards; alors elle baissait les yeux en rougissant, et un léger soupir venait alléger son cœur oppressé.

C'est ainsi qu'approchait insensiblement le jour de la guérison de Réginald. Le jeune guerrier la redoutait comme un malheur, et Pauline, malgré le plaisir qu'elle éprouvait près de son malade, hâtait encore son rétablissement de ses soins et de ses vœux.

En attendant, le jeune convalescent, qui n'osait parler à son aimable garde-malade d'un sentiment qui se déguisait encore sous le nom de reconnaissance, cherchait du moins à le faire pressentir, en peignant toute l'amitié qu'éprouveraient pour Pauline et sa mère et sa sœur. « Clotilde, lui disait-il, est la meilleure des mères, et Alice!.... oh! celle-ci, vous devriez la connaître! Il n'a jamais existé une plus tendre sœur, ni une plus fidèle amie. Comme elles remercieraient ma Pauline, celle qui a conservé mes jours, si elles étaient témoins de tout ce que fait pour moi cette noble créature! » Une larme échappa à la jeune récluse lorsqu'elle l'entendit prononcer les mots, *ma Pauline*. Réginald, qui était penché avec abandon sur son épaule, effaça cette larme de ses lèvres brûlantes, et abandonna subitement son bras qu'il avait tenu enlacé dans le sien.

Pauline resta un instant debout devant lui comme pétrifiée; bientôt un feu subit se répandit sur son visage, ses jambes tremblèrent sous elle; elle s'assit sur une chaise sans pouvoir prononcer un seul mot, et il lui échappa un profond soupir. Tel qu'un enfant nouveau-né qui se trouve subitement entouré d'air et de lumière, elle tomba dans un doux anéantissement qui fit fondre tous ses sens dans un seul qu'elle n'avait

pas encore connu. Elle se ranima
enfin; toujours muette, mais avec
un regard où se peignaient toutes ses
sensations, elle s'échappa sans que
Réginald eût osé entreprendre de la
retenir. Le voile qui l'avait jusqu'ici
cachée à elle-même venait de tomber; son cœur lui avait dit enfin ce
que jusqu'ici il ne s'était pas avoué,
que Réginald était pour elle plus que
tout le reste de l'univers; et en même temps il commençait aussi à prévoir les souffrances qui l'attendaient
après l'éloignement de l'auteur de sa
nouvelle existence.

Elle n'entrait plus que craintive
et péniblement affectée dans la chambre de son cher malade, et souvent
sa paupière était encore humectée
de la larme qui accompagnait toujours l'idée de son prochain adieu.
Réginald aussi était pensif et taci-

turne; un sombre nuage reposait sur son front, et les couleurs qui étaient revenues sur ses joues recommençaient à s'effacer. Pauline attribuait sa tristesse à la mort de son prince, qui venait de recueillir le dernier fruit de sa folle témérité (1), et ses craintes pour la santé de Réginald se réveillèrent. Elle s'oublia elle-même pour lui prodiguer les soins les plus empressés. Elle le forçait de manger; elle alla mendier auprès d'une bienfaitrice riche un flacon de vin de Chypre, et revint triomphante et en courant auprès de son cher malade lui administrer ce cordial.

Réginald ne s'aperçut pas de son arrivée. Il était étendu, les yeux fermés, dans un fauteuil; son âme était

_____

(1) Le 5 janvier 1477.

cruellement ballottée dans une mul-
titude de sensations. Aucune ne com-
battait avec sa vertu, mais toutes
menaçaient son repos. Ce que son
siècle appelait honneur livrait un terrible combat au plus cher, à l'unique
désir de son cœur. Pauline s'approcha doucement de lui de quelques
pas. » Dieu tout-puissant ! s'écria-t-
elle, il est en défaillance ! » Réginald
se releva en sursaut : « Non, céleste
fille, non ; le ciel t'a peut-être envoyée pour rendre à mon âme toute
son énergie. » A ces mots, il la serra
dans ses bras : « Je ne puis, conti-
nua-t-il, je ne puis me séparer de toi.
Tu seras mon amie, ma sœur, si tu
ne peux devenir.... » Ici sa voix s'é-
teignit. Il fit asseoir à côté de lui la
jeune fille étonnée, et par un mouvement convulsif il pressa sa main
sur son cœur. Il se tut. Pauline était

tremblante; ils restèrent ainsi pendant quelques minutes dans une stupeur muette à côté l'un de l'autre.
Enfin Réginald retrouva la parole.
« Pauline, dit-il enfin d'un ton tendre et en même temps solennel, je
n'ai plus rien à faire ici; la mort du
duc me rend à moi-même et à ma
famille. Je te dois la vie; mais sans
toi ton présent ne m'est d'aucune valeur. Le malheur t'a conduite dans
ce couvent; permets que la reconnaissance t'en fasse sortir. Je suis
maître d'une fortune considérable;
ton père, à ce que tu m'as dit, a
perdu quatre mille couronnes; les
revenus que m'a laissés mon père
surpassent le double de cette somme.
Ma Pauline ne doit donc pas hési-
ter à recevoir des mains de l'amitié
le montant du patrimoine qu'elle a
perdu. »

Pauline le regarda à travers un léger
nuage de larmes; pour la première
fois elle pressa sa main dans les
siennes sans pouvoir parler, car Réginald ne lui offrait pas tout ce qui
lui manquait. Lui aussi sentait qu'il
avait encore quelque chose à lui offrir; mais ce sentiment était en même
temps trop délicat et trop puissant
pour qu'il eût pu sur-le-champ
trouver des expressions pour le rendre. Il s'arrêta pendant quelques ins-
tans. « Tu n'as plus de parens, ma
chère, et si tu avais de véritables
amis, tu te serais réfugiée dans leurs
bras et non dans ces murs. La maison de ma mère t'offre un asile sûr,
et ma sœur.... oh, celle-ci sera
aussi ta sœur! Le langage fraternel
que j'emploie avec toi te dit de
reste que je te regarde déjà comme
la mienne; tout autre langage se-

rait désavoué par mon cœur. »

« Ah ! noble chevalier, votre bonté...
laissez-moi le temps..... Dieu, Dieu !
que dois-je vous dire ? — Tu dois dire
oui, dit Réginald en l'interrompant ;
tu dois dire *oui* à tout ce que je viens
de te proposer. » Pauline resta encore quelque temps assise à côté du
jeune homme ; ses joues étaient brûlantes, son cœur battait avec violence. Tout-à-coup ce cœur parut se
débarrasser d'un énorme fardeau ; elle
ouvrit la bouche pour parler, mais
sa langue resta comme enchaînée.
Enfin elle dit tout bas, dans la
plus douce mélodie de la tendresse,
« Hé bien, *oui*, je dis *oui* à tout, à
tout ; » et en disant cela elle posa sa
tête sur l'épaule de Réginald. Il eût
volontiers voulu s'élancer et sauter
de joie, s'il n'eût été retenu par son
doux fardeau. Un baiser qu'il im-

prima sur le front virginal qui était si près de lui, la réveilla lentement de son extase, et alors les deux heureux amans s'entretinrent longuement et avec une douce confiance des préparatifs de leur départ.

Réginald fit demander une audience à la prieure du couvent. Il lui fit part de son projet de conduire Pauline dans sa famille. Le langage sincère et expressif de sa reconnaissance qu'il employa avec elle, et les présens considérables qu'il fit à la vénérable mère, ainsi qu'à la communauté, levèrent promptement tous les scrupules ; cependant elle renvoya le chevalier au tuteur que les lois avaient nommé à la malheureuse orpheline. Celui-ci, ancien ami et voisin de son père, envisagea la proposition du chevalier comme un bonheur dont il ne voulait pas priver sa pupille. Pauvre lui-même, il n'avait rien pu faire pour elle, et se réjouit sincèrement du changement qui allait s'opérer dans son sort. Pour prévenir tout soupçon, il se fit donner son consentement par écrit. Cet acte, et l'attestation honorable de la supérieure, garantissaient l'honneur de Réginald et de Pauline, et suffisaient pour faire taire la médisance.

Au bout de trois jours, tout fut prêt pour le départ. Un des valets du chevalier, qui avait été fait prisonnier lors de la sortie, s'était retrouvé après la levée du siége. C'était un vieux et fidèle serviteur; il avait cru son maître mort. En apprenant sa conservation, il avait été transporté de joie, et lorsqu'il sut que le chevalier devait la vie aux soins de Pauline, il se précipita à ses genoux et baisa le bas de sa robe.

« Elle part avec nous, bon Bertrand,
lui dit Réginald; il faut que ma mère
et ma sœur connaissent celle qui m'a
rendu à la vie. — Bien, reprit le
vieillard; il faut qu'elle monte mon
cheval blanc, car il a l'allure douce
et sûre d'un mulet. Quelle sera la
joie de notre grâcieuse châtelaine et
de la noble demoiselle Alice, lorsqu'elles nous verront ramenant une
aussi belle et aussi chère prisonnière
de guerre! »

On revêtit Pauline d'un collet de
buffle, et l'on cacha sous un *léger*
casque ses beaux cheveux blonds ar-
gentés; car les chemins étaient cou-
verts de soldats congédiés dont il
était prudent de prévenir la licence.
Elle ressemblait ainsi à un page suivant son maître.

Réginald et Bertrand étaient re-
vêtus de leurs armures, et lorsqu'il

fallait passer devant une bande de
ces vagabonds, ils plaçaient le jeune
Guidon (c'est ainsi que l'avait nom-
mée son amant) au milieu d'eux. Ils
marchaient à petites journées, non-
seulement à cause de Pauline, mais
aussi parce que les blessures du chevalier étaient à peine cicatrisées; et
lorsqu'ils entraient dans une auberge,
son amant savait toujours s'arranger
de manière à faire occuper le meilleur lit à Guidon, et quelquefois le
seul qu'il y avait, pendant qu'il par-
tageait sa couche avec son vieux
compagnon.

Bertrand bénit en secret la rete-
nue de son maître, vertu qui, dans
ces temps reculés de licence et de
dissolution, n'était pas dominante,
même parmi les chevaliers; et ses
yeux s'arrêtaient souvent avec une
vive satisfaction sur cette Grâce

coiffée d'un casque, dont la charmante figure paraissait comme une
rose du mois de mai sortant du fond
d'un sombre buisson. « Monseigneur,
dit-il au chevalier, une fois que Pauline les avait devancés de quelques
pas, ne pensez-vous pas que, dans
sa jeunesse, l'archange saint Michel
devait être ainsi? — Dis plutôt la
mère de Dieu, répondit Réginald en
riant. — Vous dites vrai, par Dieu!
reprit le vieillard; car lorsque je la
considère priant matin et soir dans
un coin, je suis toujours tenté de me
mettre à genoux à côté d'elle, et de
lui dire : Sainte Vierge, priez pour
moi, pauvre pécheur ! »

Dans la soirée du septième jour de
leur marche ils aperçurent enfin, à
travers les coteaux de vignes cou-
verts de neige, le château paternel
de Réginald. Les derniers rayons du

soleil en doraient les tours, tandis qu'un brouillard bleuâtre voguait au-dessus du village situé au bas. Alors le chevalier fit prendre les devans à Bertrand, pour prévenir de son retour la mère et la sœur de son maître, et surtout pour les préparer à l'apparition de leur compagnon de voyage. Cette précaution ne fut pas superflue; un faux bruit de la mort de Réginald avait achevé d'abattre cette veuve, déjà si affligée, et lui avait causé une maladie dont l'imminent danger n'avait cessé que depuis peu de jours. Lorsque Bertrand s'approcha seul de la grande porte du château, Alice l'aperçut d'une fenêtre; elle lui cria en pleurant de ne point s'approcher du lit de la malade. Mais bientôt la mission de l'honnête serviteur convertit sa terreur en un transport de joie qui fail-

lit la menacer du même danger que
sa prévoyance avait voulu éviter à
sa mère. Dans l'ivresse de sa joie
elle se jeta au cou du vieillard, et
imprima un baiser sur ses joues ri-
dées. Il se passa bien du temps pour
écouter la relation entière de ce
brave homme, et davantage encore
avant qu'elle fût en état de la rap-
porter à sa mère. Celle-ci ne voulait
pas ajouter foi à son récit; il fallut
que Bertrand vînt lui-même pour
lui répéter jusqu'à dix fois cette heureuse nouvelle. Une nouvelle vie
brillait dans ses yeux abattus; elle
joignit ses mains, et ses lèvres trem-
blantes articulaient d'une voix faible des actions de grâces adressées
au ciel.

Pendant ce temps Alice s'était re-
tirée tout doucement. Son impatien-
ce était si grande qu'elle ne pouvait

se résoudre à attendre au château
l'arrivée des chers voyageurs. Elle
courut au-devant d'eux jusqu'à l'entrée du village, et avant que Réginald pût s'en douter, elle saisit la
bride de son cheval. Il se jeta dans
ses bras; il l'embrassait encore lorsque Pauline, qui avait également
mis pied à terre, s'approcha d'elle
d'un pas timide. Alice, qui n'avait
cru voir en elle que le valet de son
frère, avait à peine jeté les yeux sur
elle. Tout-à-coup elle réfléchit,
porta ses regards de côté et d'autre,
en disant : « Où est-elle donc, où
est-elle? — Sur ton cœur fraternel,
dit Réginald en attirant sur son sein
Pauline couverte de rougeur.—Elle
sera à jamais ma sœur, dit Alice en
couvrant les joues de ce charmant
être de ses baisers et de ses larmes.»

Le frère et la sœur la placèrent

7. 14

entre eux , et , leurs bras entrelacés ,
ils la conduisirent devant le lit de
leur impatiente mère.

Quelle scène! un pinceau impar-
fait ne doit pas la défigurer. Le cœur
seulement y parlait son langage , le
plus facile, le plus intelligible de
tous , mais aussi de tous le plus difficile à traduire. Après les premiers
épanchemens de joie et de tendresse ,
Réginald dût suppléer au récit ra-
pide et incomplet de Bertrand. Pauline ne savait quelle contenance tenir en l'entendant énumérer les
importans services que lui avait ren-
dus son aimable garde-malade. Tantôt elle cachait son visage dans son
mouchoir , tantôt elle se penchait
derrière le rideau du lit, ou promenait ses yeux sur les portraits de famille dont les murs de l'appartement
étaient tapissés. » N'est-il pas vrai ,

ma mère, dit en finissant Réginald, n'est-il pas vrai que dès-au-
jourd'hui celle qui a conservé ma
vie est devenue un membre de notre
famille? — Elle l'est déjà, dit la malade en tendant sa main à Pauline;
qui, profondément émue, la baisa
avec respect. — Nous n'avons déjà
plus rien à nous dire, dit Alice en
serrant de nouveau l'aimable fille
dans ses bras. »

Chaque jour apportait une amé-
lioration dans l'état de la malade
consolée : les réjouissances que pré-
parèrent les vassaux, à la tête desquels se trouvait leur respectable
curé Godard, pour célébrer le retour
de leur jeune seigneur, et la noble,
l'aimable bonté avec laquelle celui-ci
recevait leurs félicitations, furent un
nouveau baume pour son cœur. Pauline eut sa bonne part des bénédic-

tions de ses braves gens, et célébrait dans le silence ce triomphe de son héros. Le plus doux, le plus tendre des liens l'unissait à Alice, et Réginald, enchanté de cette aimable intimité, ne tarda pas à confier à sa sœur le plus ardent, le plus secret de ses vœux. Alice y applaudit avec toute la chaleur de son cœur, sans cependant laisser ignorer à son frère ses craintes sur l'opposition qu'y apporterait leur mère. Sa passion recevait tous les jours un nouvel aliment, car tous les jours il découvrait dans le caractère de son amante un nouveau mérite enchanteur. Ses discours étaient ceux de l'amitié, et ses actions et toute sa manière d'être avec elle respiraient l'amour le plus vif et le plus pur.

Pauline cédait avec un innocent abandon au penchant de son cœur.

Tel que la tige flexible du lierre qui
se serre autour de l'orme protecteur,
elle se rapprochait toujours davantage de son Réginald, sans qu'il lui
fût jamais venu dans l'idée de s'é-
tonner de son silence. Elle trouvait
tout naturel qu'il ne lui répétât pas
ce qu'elle savait déjà, et elle était
heureuse de ce qu'il pouvait lire dans
son cœur tout ce que sa bouche aurait vainement tenté de lui exprimer.
Cependant la réserve de Réginald
avait pourtant un autre motif; sa
délicatesse ne lui permettait pas de
s'ouvrir entièrement à elle avant
qu'il eût obtenu l'assentiment de sa
mère; et il fondait surtout son espoir d'y réussir, dans sa connaissance entière des qualités de l'aimable objet qu'il lui destinait pour sa
fille.

Clotilde ne méconnaissait aucune

des qualités de celle - ci ; sa raison
éclairée et la sainte innocence de
son cœur lui échappaient aussi peu
que ses charmes extérieurs, encore
rehaussés par les jolis habillemens
qu'elle lui avait donnés. Elle aimait
tendrement Pauline ; elle le lui prou-
vait dans chaque circonstance, et la
voir heureuse était l'un de ses plus
ardens désirs. Cependant elle eût
acheté son bonheur à tout autre prix
plutôt qu'au prix de la main de son
fils. Elle était fortement attachée aux
préjugés de sa condition, et son zè-
le, son attachement pour la gloire
de sa maison; frémissaient devant la
seule idée d'une mésalliance. En outre elle avait destiné, dès son enfance,
à son fils une de ses nièces, qui réu-
nissait une fortune très-considérable
à un nom illustre, mais qui ne pos-
sédait aucune des aimables qualités

de Pauline. Elle aurait pu, avec moins de pénétration, s'apercevoir de la passion de son fils; elle la devina en effet, et elle le connaissait trop bien pour lui prêter un dessein criminel. C'est par ce motif qu'elle évitait toutes les occasions qu'il cherchait pour lui déclarer ses vues. Elle se contenta d'observer Pauline avec la plus grande sollicitude. Elle voyait bien que son cœur était consumé d'un feu secret; mais elle s'apercevait aussi que l'innocente se doutait à peine elle-même de son amour, et que l'immense élévation où elle en voyait placé l'objet ne permettrait jamais à la modeste enfant d'aspirer à la main de son amant. Elle ne crut donc pouvoir mieux faire que d'avoir l'air de tout ignorer, jusqu'à ce que les circonstances l'obligeassent d'aviser à des mesures plus sérieuses.

Ce n'est que par degrés que Réginald pénétra le plan de sa mère.
Lorsqu'il l'eut tout-à-fait découvert,
il tomba dans une sombre mélancolie, que ne purent dissiper ni la gaîté
de sa sœur, ni les innocens empres-
semens de son amante. Clotilde était
une mère tendre; elle aimait son fils
par-dessus tout; sa mélancolie affli-
geait profondément son âme. Elle
pensa que le moment était arrivé de
songer à exécuter un plan dont elle
s'occupait depuis quelque temps. Au
lieu d'attendre la guérison de son fils
de son obéissance, elle crut agir plus
sûrement en la confiant à la vertu
de Pauline. Ses manières affectueu-
ses envers cette charmante fille lui
avaient, depuis long-temps, frayé
le chemin de son cœur; et la vive
et respectueuse tendresse avec laquelle elle payait ses bontés, devait

lui garantir la réussite de son projet.

Réginald et sa sœur avaient été invitéeschez un gentilhomme du voisinage. Leur mère qui avait, ainsi que Pauline, reçu la même invitation, s'excusa sous le prétexte d'une légère indisposition, et la complaisante enfant s'offrit pour lui tenir compagnie au château. Clotilde profita de ce moment favorable pour exécuter son plan. Avec une confiance toute maternelle elle raconta à Pauline toutes sortes d'anecdotes de famille, dont les portraits suspendus dans sa chambre lui fournissaient de nombreux matériaux. Elle saisissait toutes les occasions de relever, d'exalter les sévères précautions des seigneurs de Vassy pour conserver dans toute sa pureté le noble sang de leurs ancêtres, et leurs soins de sacrifier les plus brillantes alliances

7.   15

du côté de la fortune, à leur noblesse chapitrable. J'espère, dit-elle enfin, que mon Réginald suivra l'exemple de ses ancêtres, et ne souillera jamais son arbre généalogique par une honteuse mésalliance. Ici elle regarda les yeux de la jeune fille attentive, qui les baissa aussitôt; une pâleur mortelle et une rougeur brûlante couvrirent tour-à-tour son charmant visage. Alors Clotilde saisit sa main tremblante en lui disant : « Chère enfant, si mon fils t'offrait sa main, aurais-tu le courage de la refuser ? »

Pauline resta muette; toutes ses facultés, les mouvemens même de son sein étaient suspendus. « Pourrais-tu, continua Clotilde, m'aider à remplir le devoir sacré de le préserver d'une folie dont il aurait des regrets au bout de quelques semaines? N'est-il pas vrai, ma chère, que

tu le ferais? Tu es bonne, tu es
pieuse, tu ne voudrais pas former
avec lui un lien qui ferait mourir sa
mère de chagrin, et troublerait les
cendres de ses aïeux; si tu le pou-
vais, tes regrets suivraient de près
les siens; tu n'entrerais jamais dans
cette chambre sans lire dans les regards de ces portraits les plus san .
glans reproches, que tu ne tarderais
peut-être pas à lire également dans
les regards de ton époux, ou, bien
certainement, sur le front de votre
premier-né. »

Pauline se taisait toujours, mais
un torrent de larmes et un profond
soupir soulagèrent enfin son cœur
oppressé. Elle put alors rassembler
ses forces : « Vous n'avez rien à
craindre, noble dame, dit-elle d'un
ton résolu; je sais ce que je dois à
vous et à votre fils. — Et moi, re-

prit Clotilde en baisant les joues humides de l'excellente fille, je n'oublierai jamais non plus ce que je dois à celle qui a conservé ses jours ; je te regarderai toujours comme ma fille. » Comme sa fille ! pensa Pauline, et cependant elle ne veut pas que je le devienne !

Clotilde chercha alors à amener la conversation sur d'autres objets, et l'aimable fille s'efforça d'y prendre part; même après le retour de Réginald aucun mot, aucun regard ne trahit la situation de son âme. Le soir il trouva l'occasion de la suivre dans la chambre d'Alice : « Eh bien, chère amie, comment tout s'est-il passé aujourd'hui ? — Pas mal, répondit-elle; votre mère m'a donné plusieurs bons conseils que je n'oublierai de ma vie. — J'espère que les conseils de la mère ne vous ont pas empêchée de penser aussi un peu au fils? — Oh! non, certainement, dit-elle d'une voix étouffée, et en cherchant inutilement à retenir les larmes qui pénétraient dans ses yeux. — Ah! la meilleure des filles!» dirent en même temps le frère et la sœur en la serrant ensemble dans leurs bras. Pauline ne put plus rien dire, mais elle rendit avec la plus vive tendresse les baisers du frère et de la sœur, et sortit en leur disant encore sous la porte un adieu mélancolique. « Quel cœur! dit Réginald, au moment de quitter Alice; non, je ne puis me priver plus long-temps de sa possession; demain je parlerai à notre mère, et lui déclarerai solennellement que je suis résolu de m'unir à jamais à cet ange; si elle ne veut pas me causer des tourmens mortels, elle ne pourra pas s'opposer à mes vœux.

Le lendemain Pauline ne parut pas au déjeuner. Alice monta dans sa chambre pour la chercher ; elle ne l'y trouva pas. Elle la chercha au jardin, où, depuis le retour du printemps, elle se plaisait à se promener solitairement pendant des heures entières. Elle n'y était pas non plus. La désolée Alice questionna les domestiques, personne ne put en donner des nouvelles. Remplie de la plus vive inquiétude, elle retourna dans sa chambre, où rien n'annonçait son départ ; tous ses habits se trouvèrent dans son armoire, il n'y manquait que le modeste négligé qu'elle avait porté la veille. Alors il ne lui était pas possible de garder pour elle seule ses appréhensions. « On ne trouve Pauline nulle part, » dit-elle à sa mère, que Réginald était sur le point de préparer à l'impor-

tant objet dont il voulait l'entretenir,
et qui devait décider à jamais de son
sort. « On ne la trouve nulle part!
s'écria-t-il en se précipitant de sa
chaise; Dieu! que s'est-il passé? » Il
courut comme un insensé dans sa
chambre; il ne pouvait croire ni au
récit de sa sœur, ni même au témoignage de ses propres yeux. Il fouilla
partout, et trouva tout ce qu'il ne
cherchait pas. Dans un coin de l'armoire il aperçut une petite cassette;
la clef était après, il l'ouvrit, et y
trouva, outre quelques bijoux que
Clotilde lui avait donnés, le titre des
quatre mille couronnes que, peu de
temps après leur arrivée, il l'avait
forcée d'accepter. Dans ce titre se
trouvait une lettre non cachetée.
Réginald en déploya les plis d'une
main tremblante, et lut : « La recon-
» naissance m'a conduite sous ce toit

» respectable , et la reconnaissance
» me force de m'en éloigner. Mon
» cœur y reste , il bénira éternelle-
» ment ses habitans qui me sont
» chers. S'ils aiment mon repos , ils
» n'iront point à ma recherche.
» Quand même ils me découvri-
» raient , je ne pourrais jamais re-
» tourner auprès d'eux.

» PAULINE DUPUY. »

Réginald resta pétrifié. Sa sœur
qui survint le trouva pâle et anéanti.
Ses lèvres étaient collées sur ce papier, ses yeux étaient à moitié fermés. « Mon frère ! mon cher frère !
au nom de Dieu, que t'est-il arrivé ?»
Réginald, sans lui répondre, lui présenta la lettre sans la lâcher. Alice
lut et fondit en larmes; alors Réginald put pleurer à son tour. Avec

la douceur d'un enfant qui n'a pas de volonté, il suivit sa sœur chez sa mère, dont la terreur et la confusion furent si remarquables à la lecture de la lettre, qu'ils n'échappèrent pas aux regards du chevalier. Il fixa ses yeux sur elle, et la rougeur subite qui couvrit son visage, confirma ses soupçons. « Pauvre Pauline! dit-il en retombant dans son premier anéantissement. — Qu'y a-t-il à faire maintenant? dit la désolée Alice, après une pause assez longue. Cette question fit revenir à lui le chevalier. — Ce qu'il y a à faire? courir après elle, la chercher dans tous les coins de la terre, et en faire ma femme. — Mais, reprit la mère, tu vois bien qu'elle veut rester cachée, et que, quand même on la découvrirait, elle ne voudrait plus retourner chez nous. — Je vois bien ce que je vois, reprit le chevalier d'un ton qui décelait la violence qu'il se faisait pour surmonter l'irritation qui le minait; adieu ! »

Il s'approcha de la porte dans l'intention de sortir ; Alice se jeta au-devant de lui : « Adieu, mon frère, dit-elle en l'embrassant, ramène-la bientôt; mon cœur me dit que tu la retrouveras. — Elle ou la mort! » dit-il en lui serrant la main avec un mouvement convulsif. Elle voulut le suivre, mais il ferma derrière lui la porte à double tour, et dix minutes après elle le vit sortir au galop du château, accompagné de son fidèle Bertrand.

Pendant tout le temps de son absence, Clotilde se sentit torturée par un supplice continuel. Elle avait jour et nuit devant les yeux des images effrayantes. Réginald était l'idole de son cœur, et ses dernières paroles lui firent tout appréhender de son désespoir. Accompagné de Pauline ou seule, elle désirait et craignait également son retour. Ses regards, où se lisaient ses reproches et son désespoir, ne lui étaient point échappés, et avaient laissé dans son cœur un poignard acéré. Sa dernière conversation avec Pauline retentissait sans cesse à ses oreilles, et anéantissait tous les raisonnemens par lesquels elle cherchait à se défendre contre le reproche qu'elle ne pouvait s'empêcher de se faire, d'avoir provoqué sa fuite. La démarche héroïque de cette fille lui arrachait une admiration mêlée de regrets, et elle avait de la peine à concevoir qu'une aussi noble résolution eût pu se former dans une âme bourgeoise. « Si elle était de noble race, dit-elle un jour à Alice, qui sait ce que mon amour maternel eût pu me faire résoudre, malgré sa pauvreté ! — Avec un cœur tel que celui de Pauline, on est toujours noble et riche, répondit Alice dans le langage de son frère, langage que l'amitié qui l'attachait à cette aimable fille avait depuis long-temps fait adopter pour le sien. — Oh! je sais bien, reprit la mère irritée, que tu es entière dans leur alliance; » et dès ce moment elle évita constamment toute conversation sur ce sujet.

Cependant ses inquiétudes crois-saient de jour en jour. Déjà cinq se-maines s'étaient écoulées sans qu'il lui parvînt aucune nouvelle de son fils. Elle vivait dans une solitude mélancolique, séparée de toute so-ciété et privée de toute consolation. Son château était même fermé au

brave curé Godard, que cependant
elle honorait et estimait; car, pendant
une visite qu'il lui avait faite peu de
temps après la fuite de Pauline, il s'é-
tait tellement répandu en éloges sur
son compte, qu'il lui avait fait éprouver un embarras auquel elle ne voulait pas s'exposer une seconde fois.
Godard avait chez lui une nièce qui
était de l'âge de Pauline. Celle-ci,
accompagnée de son amie, passait
souvent des soirées entières chez
elle, et chaque fois l'oncle et la nièce
étaient enchantés de cette excellente
fille. L'estimable vieillard était surtout pénétré du ton filial avec lequel
elle s'entretenait avec lui, et du respect qu'elle portait plutôt à ses vertus
qu'à la dignité de son état. C'est par
ces motifs que Clotilde la considérait
comme membre de l'alliance qu'a-
vaient formée ses enfans, et, quel-

que grande que fût sa confiance en lui, elle n'osait cependant pas lui découvrir les peines de son cœur.

Enfin Réginald revint au château; mais au lieu de calmer le chagrin de sa mère, sa présence la plongea dans une nouvelle douleur. Il avait l'air d'un spectre, son visage était hâve et d'une pâleur extrême, ses yeux éteints et hagards, et sa démarche était celle d'un prisonnier épuisé et succombant sous le poids de ses chaînes. Il embrassa, sans proférer une seule parole, sa mère que la terreur empêcha aussi de parler. Alice pleura sur son sein desséché. Réginald ne pleurait pas, mais la réponse à ses larmes était dans le serrement de sa main. Ni elle ni sa mère n'eurent le courage de lui demander des nouvelles de Pauline, et Réginald ne leur dit pas un mot à son sujet. Mais lorsqu'il se fut retiré dans sa chambre, Alice fit appeler le vieux Bertrand pour lui faire le récit circonstancié de son voyage. « Les premiers jours on parcourut tous les chemins et tous les sentiers des contrées voisines ; on questionna tous les voyageurs, on visita toutes les auberges et jusqu'aux huttes des charbonniers. Réginald résolut enfin d'aller jusqu'à Lunéville, dans l'espoir que Pauline était peut-être retournée dans son ancien couvent. Cette course fut également inutile, car l'abbesse protesta qu'elle ne savait absolument rien sur son compte. Au retour on prit les mêmes informations dans tous les monastères de la contrée, et toujours inutilement. Depuis huit jours, dit Bertrand en finissant, nous étions à Autun, où mon maître voulut se reposer chez son oncle le

commandeur. Hélas! il n'y trouva
pas beaucoup de repos. Je l'entendis,
pendant des nuits entières, soupirer
et se parler à lui-même. Dieu seul
sait ce que cela deviendra à la longue.
Hier il me dit qu'il se proposait de
faire un long voyage, et me demanda
si je voulais l'accompagner. Sa question me fit de la peine, car il devait
savoir que le vieux Bertrand qui,
dans le plus fort de la mêlée, n'avait
jamais quitté ses côtés, le suivrait
jusqu'au bout du monde. »

Clotilde et Alice demandèrent en
vain ce que c'était que ce voyage,
Bertrand n'en savait pas davantage,
et leur imagination fit des efforts
inutiles pour deviner cette énigme.
Réginald ne les tira que trop tôt de
leur incertitude. Il se présenta le
lendemain décoré de l'ordre des chevaliers de Rhodes. Cette vue si inat-

tendue , qui anéantissait tous les projets de sa mère, était pour elle un coup de foudre. Fondant en larmes, elle éleva ses mains au ciel : « Comment, dit-elle, mon fils, l'unique soutien de sa race, veut de ses propres mains arracher son nom à la postérité ? — C'est la faute du monde présent, répondit-il avec un sourire amer; mon oncle le commandeur vient de m'inscrire parmi les novices, et à la fin de la semaine je commence ma caravane pour l'île de Rhodes. » Les représentations de Clotilde, ses larmes même, ne faisaient que glisser sur son cœur qui n'éprouvait plus qu'une seule et unique sensation; c'était le dégoût pour la vie. Il pria sa sœur de lui donner la clé de la chambre de Pauline. Il y passa, dans une mélancolique stupeur, toutes les heures

7.   16

que lui laissaient les préparatifs de son départ. Il ne voyait guère sa mère qu'aux heures des repas. Alice le suivait quelquefois dans sa retraite, et tâchait de combattre sa résolution par l'espoir qu'il pourrait encore retrouver son amante. « Elle est perdue, répondit-il toujours en soupirant; pour moi du moins elle est à jamais perdue; sa lettre et le titre qu'elle a laissé me prouvent du reste qu'elle veut pour toujours se cacher à moi. Elle connaissait mon amour, et certainement aussi les obstacles qu'on lui opposait. Elle m'a fait un grand sacrifice, je ne lui en ferai pas un moindre. »

Le jour qu'il avait fixé pour son départ, il ne se montra à personne. Sa mère envoya Alice le chercher pour le dîner. Elle le trouva couché sur le lit de Pauline; ses yeux étaient égarés; une fièvre brûlante gonflait ses veines, et répandait une vive rougeur sur son visage. A côté de lui était un bracelet avec le portrait de Pauline qu'il avait fait peindre peu de temps avant sa-fuite. Alice alla chercher sa mère qui, tremblante et en sanglotant, le pria de se rendre dans sa chambre. Il paraissait ne pas l'entendre. Elle saisit sa main brûlante qu'il retira aussitôt. Alice joignit ses prières à celles de sa mère. « C'est ici qu'elle était couchée, c'est ici que je veux mourir, » fut tout ce qu'il leur répondit.

On appela le médecin. Il trouva sa maladie grave, et sa physionomie en dit encore plus que ses paroles. En effet la fièvre augmenta d'heure en heure, et dès le troisième jour sa raison était égarée. Le nom de Pauline errait sans cesse sur ses lèvres.

Quelquefois, à l'approche d'Alice, il étendait ses bras vers elle, et les laissait retomber tristement. « Tu n'es pas Pauline, lui dit-il, elle est là; » et alors il pressait le portrait sur sa bouche. Clotilde ne se montrait que très-rarement; car aussitôt qu'il la voyait, il lui demandait Pauline, tantôt d'un ton sévère, tantôt d'un ton suppliant et plaintif. La malheureuse mère pleurait et se taisait; aurait-elle pu faire autre chose?

Les jours suivans son imagination fantastique le conduisit au couvent où Pauline l'avait soigné. Tantôt il lui présentait sa tête, tantôt son bras pour le pansement, et lui adressait, dans les termes de la plus tendre reconnaissance, des remercîmens pour l'aimable sollicitude qu'elle lui témoignait. « Oh! si ma bonne mère pouvait te voir ainsi, dit-il un jour, elle avouerait elle-même que la seule récompense digne de toi est le don de la main par laquelle tu m'as saisi pour me retirer du bord de la tombe. Clotilde et Godard, qui étaient venus pour offrir les secours spirituels au malade, étaient témoins de cette scène. La mère inconsolable se jeta défaillante dans un fauteuil. Alice, ainsi que le bon prêtre, firent de longs efforts pour la faire revenir à elle. Enfin elle reprit ses esprits, et le compatissant vieillard lui conseilla de s'éloigner de cette scène de douleurs, et fit signe à Alice de rester auprès du malade. Dès qu'elle se vit seule avec le prêtre, elle se tordit les mains, et s'écria en sanglotant. « Ah! mon ami, mon fils se meurt, et c'est moi qui suis son assassin. J'ai fait fuir de ma maison cette aimable, cette estimable enfant à laquelle

était attachée son âme. Elle a sacri-
fié à mon repos son amour, et peut-
être sa vie. Je croyais cet ange indigne d'être ma fille, et, hélas! je
me suis rendue indigne d'être sa
mère. »

« Calmez-vous, noble dame, dit le
prêtre attendri, tout n'est pas perdu
encore.—Tout, tout est perdu avec
Pauline, dit-elle en l'interrompant;
ah! si je savais où la trouver, comme
je tendrais vers elle mes bras maternels, et je sens que mes larmes m'ob-
tiendraient l'oubli de ce qui s'est
passé. — Réfléchissez bien à ce que
vous dites, noble dame! reprit Godard; si en ce moment Pauline était
devant vous, parleriez-vous ainsi? et
si la crainte de perdre votre fils vous
arrache en ce moment cette résolution, ne vous en repentiriez-vous
jamais? — Jamais, non jamais, je le

jure par le Dieu tout-puissant! —
Eh bien, reprit Godard, il a entendu
votre vœu, et demain à cette heure-
ci Pauline, qu'avec raison vous nom-
mez un ange, viendra se jeter sur
votre sein maternel. »

« Ne me trompez-vous pas, mon
père? dit Clotilde avec un regard où
brillaient l'étonnement et l'enchan-
tement où la jetait cette nouvelle. —
Je ne vous trompe pas, noble dame;
le matin où Pauline quitta votre
château, elle se réfugia chez moi. Il
ne faisait pas encore jour; elle n'a-
vait emporté qu'un peu de linge, et
les attestations de son tuteur et de sa
mère spirituelle. Elle m'ouvrit son
cœur avec la candeur de l'innocence,
et me fit part de la conversation que
vous eûtes avec elle, et qui avait
déterminé sa fuite. — Sauvez-moi,
me dit-elle, sauvez-moi de moi-

même et d'une ingratitude envers la
mère de mon amant, qui a été jusqu'ici ma bienveillante et généreuse
bienfaitrice. — Je la tins cachée
pendant deux jours chez moi; elle
partagea le lit de ma nièce, et, tra-
vestie en paysanne, elle me suivit à
Dijon, où je la fis entrer dans le couvent des Sœurs-Clarisses, dont la supérieure est ma parente. Comme
elle ne pouvait payer une dot, elle
voulut servir comme sœur converse,
et fut reçue avec joie. Je recomman-
dai la jeune fille à ma cousine,
comme on recommande la vertu à
la vertu, et la conjurai surtout de la
tenir cachée aux yeux de votre fils.
Ses poursuites le conduisirent effec-
tivement dans ce même couvent;
mais ses questions et ses supplica-
tions furent inutiles, quoique toute
sa personne indiquât le chagrin et

les angoisses qui le tourmentaient,
et qui n'avaient pas manqué d'inspirer de la pitié à la prieure. »

Clotilde se jeta au cou du bon vieillard : « Vous êtes pour moi un mes-
sager de vie ! » lui dit-elle. L'on ordonna à Bertrand d'atteler desuite les
chevaux les plus vigoureux à un char
léger, et une heure après ils étaient
déjà en route. Ce fidèle serviteur aimait Pauline presque à l'égal de son
maître, et savait bien à quel point
celui-ci la chérissait. La certitude où
il était que sa présence contribuerait
plus à sa conservation que tous les
remèdes de la médecine, lui rendit
l'énergie de son jeune âge, et pour
la première fois il fut impitoyable
pour ses chevaux.

A son arrivée au couvent, Godard fit d'abord demander la prieure,
afin de diminuer chez Pauline la trop

forte impression d'une surprise. La
supérieure ne put se louer assez de
la bonne conduite de la sœur converse, et ajouta : « Aujourd'hui
même, dans un chapitre, nous avons
unanimement résolu de recevoir sans
dot cette chère fille comme religieuse
dans notre communauté. —Cela me
fait plaisir, répondit le curé; je doute
cependant que cette décision puisse
recevoir son exécution. » Alor ils lui
fit part de l'objet de son voyage, et
la pria d'instruire Pauline de son arrivée, sans cependant lui dire autre
chose, sinon qu'il avait à lui remettre
une petite lettre de madame de Vassy.

Pauline fut consternée en apprenant l'arrivée de son protecteur. Il
lui avait promis de n'instruire personne du lieu de sa retraite, et cette
promesse regardait particulièrement
la famille de Vassy. Un léger air d'hu-

meur se fit voir sur sa figure lorsqu'elle se présenta au parloir. « Est-
il possible, mon père, que vous ayez
pu trahir mon secret ? — Voici ma
justification , reprit-il en lui remettant la lettre de Clotilde , qui était
conçue ainsi :

«Viens, chère Pauline, ma fille ,
» trop long-temps méconnue, et dont
» nous sommes depuis trop long-
» temps privés ; viens dans mes bras,
» accours pour rendre le repos à une
» femme inconsolable, et la vie à un
» mourant. Hâte-toi, car ce mourant
» est ton fiancé , et cette femme dé-
» solée est sa mère et la tienne.·

» CLOTILDE DE VASSY. »

Chaque mot de cette lettre pro-
duisit dans le cœur de Pauline une
sensation violente de surprise et d'ef-

froi. Elle ne put rien dire, elle était suffoquée, ses genoux se dérobèrent sous elle, et il lui restait à peine assez de forces pour gagner en chancelant une chaise, où elle resta comme anéantie par le sommeil de la mort. Godard tira la sonnette. La supérieure, qui n'avait pas voulu interrompre leur conversation, accourut promptement, et la fit revenir de sa défaillance. Un torrent de larmes vint alors soulager son cœur oppressé. Sa lettre était tombée; elle la ramassa, et voulut la lire une seconde fois. « J'espère, lui dit Godard, que vous n'avez pas besoin d'une seconde lecture pour vous décider. » Pauline posa le papier sur son cœur et dit : « Je suis décidée, mon père, partons. »

Alice avait donné au curé une des robes de Pauline. En la lui remettant il parut réfléchir quelques momens, et tout-à-coup il s'écria, comme revenant d'une extase : « O ma fille, n'oubliez pas d'emporter votre habit de religieuse , il pourra vous être d'une grande utilité ; je vous expliquerai cette énigme en route. » Pauline sourit ; elle avait deviné sa pensée. Ses préparatifs furent bientôt faits. Toute la communauté la regretta et lui fit de tristes adieux. Elle embrassa avec une émotion profonde la prieure, ainsi que ses bonnes sœurs, et monta dans le chariot avec son estimable mentor. Son âme paraissait ensevelie dans un pénible sommeil. Ballottée par la crainte et l'espérance, elle ouvrit souvent la bouche pour faire une question , et la referma aussitôt sans oser la risquer. Ces mots : *Hâte-toi pour rendre la vie à un mourant* , se présentaient constamment devant ses yeux, écrits

en caractères noirs et effrayans. Le
léger char, quoique volant rapide-
ment, ne marchait pas pour elle avec
assez de rapidité, et cependant elle
frémissait en regardant la route qui
devait la conduire au terme de son
voyage. Godard lisait dans son âme;
il ne voulut point interrompre ses
combats, et était lui-même enseveli
dans de profondes méditations. Enfin
elle hasarda de dire à demi-voix :
« Réginald est donc bien malade?—
Oui, ma fille, il est très-malade. Une
pâleur mortelle couvrit alors le visage de Pauline. — Inconsolable de
votre perte, continua le prêtre, il
vous a long - temps cherchée, et
n'ayant pu vous trouver, il voulut
chercher la mort comme chevalier
de Rhodes. Mais la Providence le
jeta sur le lit de douleur; peut-être
était-ce pour prévenir un sacrifice

qui n'était pas aussi pur que le vôtre,
ou plutôt pour ouvrir enfin les yeux
à sa mère. Je ne vous parle point
d'elle; sa lettre doit tout vous dire,
et mon cœur me dit à moi que Réginald vivra, et vivra pour vous. »
Un rayon d'espoir et de joie vint alors
ranimer les traits de Pauline, pendant que ses yeux se remplissaient
de larmes. — Ah! mon bon père,
dit-elle en poussant un profond soupir, si seulement il vit encore! quand
même il ne pourrait pas vivre pour
moi, je retournerais pourtant avec
joie au couvent qui m'avait cachée
à lui et à moi-même.

Enfin ils approchèrent du château.
Le crêpe de la nuit avait couvert le
sommet des tours d'une obscurité solennelle; mais un doux parfum se fit
sentir des coteaux plantés de vignes.
Il régnait partout un silence majes-

tueux, qui n'était interrompu que par les plaintives élégies que Philomèle faisait retentir dans les bosquets touffus du parc. Pauline tressaillit lorsqu'elle entendit crier sur leurs gonds les deux battans de la grande porte du château. A peine s'était-elle soulevée sur son siége, semblable au lis flétri sur sa tige, qu'elle retomba presque défaillante sur le sein d'Alice. « Il vit encore, » lui dit celle-ci tout doucement à l'oreille; et elle la conduisit, aidée de son compagnon de voyage, dans les bras de Clotilde qui dit en sanglotant à la fille éperdue : « Embrasse-moi, mon enfant, embrasse ta mère.» On la conduisit dans la même pièce où étaient suspendus les redoutables témoins de sa dernière conversation avec Clotilde. Pauline, confuse, baissa les yeux. « Ne détourne pas tes yeux, lui dit

la mère qui s'en aperçut , eux aussi
l'ont adoptée. »

Alors Godard prit la parole : « J'ai
une idée , dit-il , et je m'en promets
les plus heureux résultats ; l'intéres-
sant malade est sans doute toujours
occupé de sa chère religieuse ? —
Certainement , répondit Alice , il se
croit toujours soigné par elle à Lunéville ; c'est elle qui le veille , il ne
reçoit les remèdes que de ses mains,
et lorsqu'il me reconnaît , il me re-
pousse en appelant Pauline. — Dieu
merci ! s'écria Godard, nous n'avons
donc pas à redouter une surprise.
Comme il croit la voir constamment,
elle ne fera que continuer son apparition dans ses idées ; et pour ne pas
détruire cette illusion , j'ai apporté
son habit de religieuse qui est semblable , pour la forme et la couleur,
à celui de son ancien couvent. —

C'est un ange qui vous a inspiré cette idée, dit Alice en frappant dans ses mains; viens, ma sœur, je vais t'aider à changer de costume; nous ne devons pas perdre un seul instant. »

Alice l'emmena, et bientôt après, elle reparut avec la charmante fille habillée en religieuse. Elles se rendirent doucement dans la chambre du malade, suivies de Clotilde et du curé. En entrant, Pauline ne put retenir ses larmes. Un groupe de fantômes noirs voltigeait devant ses yeux; mais bientôt il céda la place à l'image de Réginald. Il était assis sur son lit, maigre et pâle comme la mort; ses yeux étaient fixés sur un objet invisible, ses lèvres étaient en mouvement; il paraissait s'entretenir tout bas avec une personne placée devant son lit. Peu-à-peu ses paroles devinrent plus intelligibles.

« Bonne fille ! que je voudrais volontiers récompenser ton amour ! Hélas ! j'ai encore les mains liées. Attends ; vois-tu cette petite cabane dans le pré fleuri ? c'est là où nous vivrons et où nous mourrons. C'est là où je creuserai notre tombe ; un tombeau doit nous réunir ; un tombeau, chère Pauline, là sous le tilleul fleuri. On y repose mieux que dans le caveau noir de mes ancêtres, car on t'y refuserait toujours une petite place. Alors je serais séparé de toi, et je ne le veux pas, absolument pas. » Il continua après une courte pause : « Hé bien, oui, je t'obéirai ; ta main, chère enfant, et je me coucherai sur l'oreille. »

Le curé fit alors un signe à Pauline, qui s'approcha du lit en chancelant, et donna sa main au malade. Il la serra fortement en la regardant

avec un sourire, et une légère rougeur se répandit sur son visage. « Je
te tiens donc ! s'écria-t-il d'une voix
triomphante ; maintenant tu n'ose-
ras plus t'enfuir. » Pauline sanglo-
tait. « Comment, tu pleures ? pauvre
enfant ! n'est-ce pas ils veulent nous
séparer ? Ils savent que je t'aime. »
Alors Clotilde et Alice s'approchèrent. « Personne ne veut plus vous
séparer, dit celle-ci ; Pauline restera
ma sœur. — Et ma fille bien-aimée,
ajouta Clotilde ; c'est moi-même qui
joins ici vos mains. Voici le vénérable Godard qui doit être témoin de
ma promesse, et aussitôt que tu seras
rétabli, il bénira votre union. » Réginald les regarda tous en silence et
d'un air hagard ; enfin il demanda à
Pauline à demi-voix : « Est-ce là ef-
fectivement ma mère ? — Oui, c'est
elle, répondit-elle, c'est notre mère.

— Notre mère ! reprit-il ; si cela est ainsi, ma chère mère, je veux vous remercier à genoux. » Il voulut s'élancer hors du lit ; Clotilde, aidée de Godard, le retinrent. « Seigneur chevalier, lui dit celui-ci, madame votre mère vous fait crédit jusqu'à votre rétablissement. Vous disiez que vous vouliez vous mettre sur l'oreille, faites ainsi, et demain vous serez guéri. — Et moi, lui dit Pauline, je vous promets de ne pas vous quitter de toute la nuit ; voici ma main pour gage de ma promesse. — Hé bien, ma Pauline, je veux t'obéir. » Il reposa tranquillement sa tête sans quitter sa main, et au bout d'un quart d'heure il tomba dans un doux sommeil, le premier qu'il goûtait depuis onze nuits.

Godard voulut rester pour tenir compagnie à Pauline. Alice aussi ne voulut pas la quitter. La douleur et l'espérance qui battaient dans le cœur de Pauline, et l'attentive inquiétude avec laquelle elle observait sans cesse son malade qui respirait doucement, lui prêtaient une espèce de charme céleste qui enchantait Alice. Pendant cette nuit décisive, elle pressa plus de dix fois cette charmante créature contre son cœur, en la nommant avec délice sa sœur. Pauline y répondait par une larme silencieuse qui relevait encore l'éclat de son teint de rose. Le bon ecclésiastique observait en souriant cet auguste tableau nocturne qu'éclairait la faible lueur d'une lampe, et son cœur lui répétait souvent : C'est là ton ouvrage !

Le sommeil de Réginald fut doux et bienfaisant ; la nature profita de cet état de calme pour opérer une crise salutaire. Il dormit plus de six heures sans bouger; on l'entendit seulement de temps en temps bégayant tout bas le nom de Pauline. Alors son front s'éclaircissait, et annonçait les riantes images que son imagination lui présentait.

Lorsque le jour parut, Godard dit à Pauline : « Réginald, qui s'était cru jusqu'ici être à Lunéville, s'est endormi avec l'idée qu'il se retrouvait au sein de sa famille. Il a reconnu sa sœur, et même sa mère lorsqu'elle posa dans sa main celle de son amante. Cette douce illusion a transporté son imagination sur un nouveau théâtre; il faut tout employer pour l'y fixer. Le travestissement de Pauline l'induirait en erreur; nous n'en avons donc plus besoin; ce n'est plus une religieuse qu'il doit maintenant retrouver, c'est sa fiancée. Allez, ma fille, allez changer d'habit, et choisissez la robe qu'il aimait le mieux vous voir porter; cela n'aura pas échappé aux yeux de l'amour. — Oh, je la connais! dit Alice en serrant affectueusement la main du vieillard; c'est le négligé bleu-de-ciel dans lequel il l'a fait peindre. Voici la clef de ton armoire; allons, dépêchons-nous avant que mon frère ne s'éveille. »

Du pas léger d'une sylphide, Pauline se rendit dans la chambre attenante, et, au bout d'un quart d'heure, elle reparut plus belle que jamais, et accompagnée de Clotilde. La robe bleu-de-ciel voltigeait sur sa belle taille élancée, tel qu'un nuage éthéré; et une jeune rose, placée dans ses cheveux blonds, disputait le prix de l'incarnat virginal à ses joues.

Clotilde avait passé la nuit dans les larmes, et tourmentée d'une at-

tente inquiète. Le premier mouvement qu'elle entendit la fit sortir du
lit; c'était Pauline, occupée de son
changement de costume. Elle accourut vers elle inquiète et troublée.
« Dieu! s'écria-t-elle, comment se
trouve-t-il? — Bien, très-bien, répondit Pauline en se jetant dans ses
bras. » Enchantée du nouveau plan
du prudent vieillard,. elle mit un
tendre empressement à aider Pauline à sa toilette. « Là, là, dit Godard en apercevant cette figure céleste, notre malade est en bonnes
mains; je réponds de sa guérison. »

On plaça Pauline au chevet du
lit, afin que Réginald qui, dans son
sommeil, avait tourné le visage contre le mur, ne pût l'apercevoir d'a-
bord. Alice et Godard se placèrent
aux pieds du lit. Clotilde ne devait
pas encore se montrer. La vue de

7.   18

trop d'objets à la fois ne pourrait que troubler davantage son imagination déjà égarée. Un profond soupir du malade annonça son prochain réveil. Tous les cœurs palpitaient violemment; Pauline frémissait sur sa chaise. Réginald, sans se retourner, ouvrit les yeux; il sembla recueillir ses esprits. » Dieu ! dit-il enfin d'une voix gémissante, pourquoi me suis-je réveillé? » Tout le monde se tut. Le visage de Godard annonçait son contentement du retour de la raison du malade.

Réginald (après un court silence). Elle est disparue, disparue à jamais !

Alice. Qui est-ce qui est disparu, mon cher frère?

Réginald. Elle; hélas! pourquoi me suis-je réveillé?

Alice. Tu parles de Pauline? mais elle est là à tes côtés.

Réginald regarda de tous côtés. Des étincelles fébriques jaillissaient de ses yeux fixement ouverts. « Me voici, mon Réginald, » dit Pauline d'une voix angélique, en posant ses joues humides de larmes sur son visage.

Réginald. Ah! c'est elle! Révai-je encore?

Alice. Non, mon frère, tu ne rêves pas; c'est ta Pauline, c'est ta fiancée. Voilà (en montrant Godard) le brave homme qui te l'a ramenée.

Godard (en faisant approcher du lit Clotilde). Et c'est cette bonne dame, la meilleure des mères, qui l'a appelée auprès d'elle.

Clotilde. Oui, mon fils; Pauline est à toi, pour toujours à toi.

Réginald tâcha de se soulever. Son amante le soutint; et c'est penché sur son sein qu'il reçut les embrassemens du groupe enchanté.

Godard. C'est assez maintenant; la joie doit le guérir, mais non le tuer.

Le médecin entra en ce moment; il resta long-temps sans s'approcher, en fixant ses regards sur cette scène intéressante. Personne ne l'avait aperçu; il s'approcha enfin du lit, et parut étonné du changement qui s'était opéré dans l'état du malade. « Laissez-lui le temps de se remettre, dit Godard, et vous vous étonnerez bien davantage. » Il lui trouva en effet, peu de momens après, fort peu de fièvre, et le déclara hors de danger. Godard triompha : « Une nouvelle Agnodice (1), dit-il, a empiété sur

(1) Jeune Athénienne qui pratiqua la médecine avec le plus grand succès.

vos fonctions, et elle pourrait bien
achever le traitement sans vous. Cependant nous ne voulons pas vous
priver de la part que vous devez y
prendre. » Alors il le prit à l'écart,
et l'instruisit de tout ce qu'il devait
savoir. Le médecin partagea la joie
de la famille, et, pour tout remède,
il ordonna au malade le repos et les
soins de sa belle garde-malade.

Réginald croyait rêver encore, et
plusieurs jours se passèrent avant
qu'il pût se persuader son bonheur.
Souvent on le voyait appuyé sur
son coude, et enseveli dans une
muette extase, en fixant sur Pauline
ses yeux nouvellement animés. Alors
il lui saisissait brusquement la main,
comme pour mettre ses sens à l'é-
preuve, et se convaincre qu'aucune
illusion magique ne trompait son
imagination. Alice se chargea de

l'instruire comment la retraite de Pauline avait été découverte. Sa reconnaissance envers les auteurs de son bonheur fut touchante, et ne connut pas de bornes. Le bon prêtre devint le premier de ses amis, et Clotilde trouva dans son cœur et dans celui de Pauline une ample récompense pour le noble triomphe qu'elle avait remporté sur elle - même. Chaque tendre sourire de ce couple aimant répandait dans son âme un nouveau sentiment de félicité, et lui ouvrait une nouvelle perspective de bonheur pour l'avenir.

Trois semaines après, Godard consacra, dans la chapelle du château, le nœud que l'amour avait formé, et que la vertu couronnait de toutes ses félicités.

Pauline resta, comme dame châtelaine, ce qu'elle avait été comme religieuse, et Réginald fut toujours son amant. Elle désarma par sa douceur et sa modestie la jalousie et l'orgueil de la noblesse des environs; et sa bienfaisance envers ses vassaux la rendit leur mère adorée, ainsi que l'avait été Clotilde. Elle conserva soigneusement sa robe de religieuse et s'en revêtit tous les ans à l'anniversaire de son mariage, et elle fut long-temps conservée par ses petits-enfans comme une relique de famille.

FIN DU VIIe ET DERNIER VOLUME.

www.ingramcontent.com/pod-product-compliance
Lightning Source LLC
Chambersburg PA
CBHW051525050726
47503CB00014B/1646